무림에 떨어진 현대인 11

초판 1쇄 인쇄일 2021년 12월 17일 | **초판 1쇄 발행일** 2021년 12월 24일

지은이 청루연 | **펴낸이** 곽동현 | **담당편집 팀장** 이범수
편집부 정요한 최훈영 조혜진

펴낸곳 (주)조은세상 | 출판등록 제2002-23호
주소 서울특별시 동작구 동작대로1길 27 5층
TEL 02)587-2966 | FAX 02)587-2922
E-mail bukdu@comics21c.co.kr

청루연ⓒ2021
ISBN 979-11-391-0357-1 | ISBN 979-11-6591-687-9(set)
값 8,000원

무림에 떨어진 현대인

청루연 신무협 장편소설

11

북두
좋은세상

청루연 신무협 장편소설

NEO ORIENTAL FANTASY STORY

CONTENTS

76 章.

뭐 동료들의 심정이 이해가 되지 않는 것은 아니었다.

갑자기 감히 대적할 수 없는 신적인 존재들과 싸워야 한다고 하니 그들에게 얼마나 심적인 부담이 되겠는가.

하지만 영계의 존자들이 자신의 몸에 한 번 강신(降神)하는 것은 엄청난 영력의 소모를 각오해야 하는 일이었다.

그래서 조휘는 자못 엄중한 표정이 되어 동료들의 청을 단번에 물렸다.

"안 돼."

그것이 염상록의 눈에는 영계 속의 쟁쟁한 존자들을 홀로 독차지하려는 의도로 비춰졌다.

"중원이 절멸하는 마당에 혼자 기연을 독차지하시겠다? 너무 욕심을 부리는 거 아니냐?"

으, 저 지극히 사파스러운 놈.

조휘가 길게 한숨을 내쉬며 천천히 설명해 주었다.

"어르신들이 내 몸에 한 번 강신하는 것은……."

그런 조휘의 설명이 이어지면 이어질수록 동료들의 얼굴이 일제히 의아하게 변해 갔다.

"영력?"

"그게 뭐지?"

조휘는 의념의 세계만큼은 깊이 탐구했다고 자부할 수 있었다.

하지만 영력은 아직 자신조차 정확한 본질과 개념을 이해하지 못하고 있었다.

"음…… 무인의 내공에 빗대면 되려나?"

조휘의 비유에 그제야 일제히 얼굴을 굳히는 동료들.

내공은 무인의 전부라 할 수 있다.

고작 자신들에게 가르침을 내리기 위해 그런 엄청난 희생을 강요할 수는 없는 것이다.

"그, 그런 사정이……."

"우린 그것도 모르고……."

-그럴 필요 없다.

무심한 검신 어른의 목소리가 들려오자 조휘의 얼굴이 핼

쑥하게 변했다.

"아, 안 됩니다 사부님!"

-이유야 어찌 되었든 네 녀석이 겁천뢰(劫天雷)에 휘말렸을 때 우리 존자들의 영력이 엄청나게 상승되었다. 그리 걱정할 수준은 아니니라.

"그래도……!"

그간 그렇게 말려 봤지만 언제나 검신 어른은 고집을 꺾지 않고 강신해 왔다.

화아아아악!

그렇게 조휘의 전신에 강대한 기운이 서리며 위대한 검신(劒神)이 현신하자 가장 먼저 남궁장호가 반응을 보였다.

"아아……!"

순수한 무위(武威)는 조휘 쪽이 더 강할지도 모른다.

허나 검신은 그저 무심히 서 있는 것만으로도 순수하며 오롯한 천하의 검(劒)이었다.

그의 전신에 서린, 감히 말로는 형용할 수 없는 영험한 기운이 천지간에 은은히 퍼지고 있었다.

그런 검신을 마주한 강비우도 엄청난 위압감에 절로 무릎을 꿇고야 말았다.

강비우의 인생 역시 검(劒).

누구보다 검에 매진해 왔다고 스스로 자부할 수 있는, 그야말로 검수(劒手)라는 이름에 걸맞은 사내.

허나 검신의 눈빛을 마주하는 순간 자신의 그런 일생이 모두 부정당하는 심정이었다.

과연 네놈이 오직 검에 일로정진하는 삶이었다고 진실로 말할 수 있느냐!

"저, 저는……!"

강비우는 섣불리 대답할 수가 없었다.

무심한 얼굴로 서 있는 것만으로도 온몸으로 자신을 증명하고 있는 자.

검신(劍神).

천하에 오직 그만이 검(劍)으로써 오롯하다.

검신의 그런 현현한 시선이 강비우의 왼팔을 향했다.

"좌수검(左手劍)을 포기했던가."

강비우는 등줄기에 소름이 좌르르 돋아났다.

"어떻게……!"

자신이 좌수검을 포기한 것은 열 살 이전의 일.

"안타깝구나. 끝내 좌수검을 포기하지 않았더라면 능히 이립(而立) 이전에 절대지경에 올라 천하무적이 되었을 것이다. 그 전무후무한 재능을 꽃피워 보지도 못하다니."

검신의 그런 확언을 듣는 순간 강비우의 얼굴이 흙빛으로 변했다.

사파의 전대 검종, 독검자(獨劍子)의 진전을 이어받은 강비우.

자신도 사부도 모두 알고 있었다.

오른팔보다는 왼팔의 근력이 훨씬 좋다는 것을.

특히나 왼팔의 기맥이 압도적으로 많이 열린 상태였다.

오랜 세월, 세맥에 기를 흘려 기맥 자체를 넓히는 일은 무인이라면 모두가 겪는 고련.

허나 그 옛날 자신의 왼팔은 당시의 사부께서 기형적이라 말했을 만큼 무수한 세맥이 열려 있었다.

하지만 독검자의 독룡십육로(獨龍十六路)에는 좌수의 가르침이 존재하지 않았다.

검공에 담긴 이론을 모조리 뜯어고치지 않는 이상 수련이 불가능했던 것이다.

그래서 눈물을 머금고 우수검을 택했던 것.

오랜 세월 그런 좌수검을 향한 미련으로 내내 마음이 좋지 못했는데, 막상 검신의 직설적인 지적을 받으니 강비우는 그야말로 하늘이 무너져 내리는 심정이었다.

반면, 남궁장호를 바라보는 검신의 표정은 흡족했다.

"역시 좋구나."

남궁장호는 그가 오랫동안 지켜본 후기지수.

그는 근골도 훌륭하지만 검수로서 가장 중요한 자질인 심성이 소나무와 같아서 검신을 더욱 즐겁게 했다.

"의심치 말고 지금처럼만 정진하거라. 능히 검으로써 종사(宗師)에 이를 것이다."

남궁제왕가의 검은 대기만성(大器晚成).

언젠가 그의 검은 중원을 대표하는 검종이 되어 천하에 이름을 떨칠 것이리라.

하지만 남궁장호는 그저 흡족하게 웃다 자신을 외면하는 검신을 다급하게 부를 수밖에 없었다.

"검신이시여! 지금의 저는……!"

"자신의 검을 스스로 미천하다 여기는 것이냐."

"……."

감히 대답하지 못하고 고개를 떨어뜨리고 마는 남궁장호.

검신이 호수와 같은 잔잔한 눈빛으로 남궁장호를 엄히 꾸짖었다.

"천년의 거송이 모진 삭풍(朔風)에도 쉬이 부러지지 않는 것은 오랜 세월 동안 땅속 깊숙이 뿌리를 내렸기 때문이다. 쉬이 돌아간다면 제왕가의 검이 어찌 정(正)일 수 있겠느냐. 그 창천검이 진정 제왕의 뜻을 담았다면 본 좌에게 사(邪)의 가르침을 종용하지 말라."

추상같은 검신의 꾸짖음에 남궁장호는 정신이 번쩍 들었지만, 그럼에도 저 위대한 검신에게 한 수 가르침을 받고 싶은 것은 숨길 수 없는 마음이었다.

"지금도 이 못된 놈의 영향을 받은 네 검은 충분히 급하다. 오히려 더 천천히 정진하라고 강권하고 싶구나."

뜨끔한 표정을 짓는 남궁장호.

저 비슷한 말을 아버지에게도 들은 적이 있었다.

언젠가부터 자신의 검에 남궁의 검형(劍形)이 희미해져 가고 있다는 아버지의 말씀.

남궁장호는 그것이 조휘의 영향 때문이라는 것을 감히 부정할 수 없었다.

"……명심하겠습니다."

문득 검신의 시선이 염상록을 향했다.

"잡스럽다."

마치 한심하다는 듯한, 그런 경멸에 가까운 검신의 눈빛에 염상록은 욱하고 화가 치밀어 올랐다.

저 남궁 놈에게는 꾸짖는 척하면서도 온갖 칭찬을 늘어놓더니 자신에게는 대뜸 한다는 말이 잡스럽다니?

"아, 아니! 거, 검신이면 다요! 내가 뭐가 잡스럽소!"

빠악!

"이 새끼가?"

남궁장호가 염상록의 뒤통수를 후려갈기며 두 눈을 부라렸다.

무림의 검종, 그 장구한 역사 속에서 검의 조종(祖宗), 혹은 신(神)이라 불리는 위대한 검수에게 감히 저런 말버릇이라니!

"뭐야 싯팔 한판 해보자는 거냐! 화경의 경지에 올랐다고 막 이제 눈에 뵈는 게 없나 보지? 흑흑! 가희야!"

진가희에게 다가가 청승을 떠는 염상록에게로 다시 검신

15

의 조소 어린 목소리가 울려 퍼졌다.

"네놈은 단 한 번이라도 고행(苦行)을 택한 적이 있더냐? 네놈은 평생 동안 검법의 난해함이 버거우면 도를 잡았을 것이고, 도를 익히기 위해 용력(勇力)을 닦는 것이 힘들어지면 창을 잡았을 것이다. 기기묘묘한 창술이 머리 아파지면 또 도망쳐 무엇을 잡겠느냐?"

와 씨, 무슨 점쟁이인가?

"그렇게 도망쳐 도착한 곳이 겸(鎌)이었더냐. 쉬웠겠지. 빨리 익혀 쉽게 경지에 도달했겠지. 그래서 네놈에게는 미래가 없는 것이다."

검신이 마치 자신의 과거를 본 것처럼 이야기하자 염상록은 그야말로 소름이 돋았다.

그의 말대로 검, 도, 창 등은 모두 자신을 거쳐 간 무기.

마지막으로 흑천팔왕인 독마겸에게 가르침을 달라고 구걸하듯 매달린 것은, 그의 겸술을 가장 빠른 성취에 이를 수 있는 지름길이라 여겼기 때문이다.

하지만 억울했다.

아니 그럼 평생 무공만 익히라고?

남들은 흑살을 넘어 귀살이 되고 천살이 되어 잘나가는데, 한평생 심산유곡에서 검만 익히다 머리가 허옇게 쉬어서 세상에 나와 본들 그게 다 무슨 소용이란 말인가?

"아, 아니! 짧은 인생에서 효율을 따지는 것도 죄란 말입니까요?"

그런 억울하다는 염상록의 항변에 검신의 눈빛이 더욱 경멸로 물들었다.

"무(武)가, 고작 출세와 영달의 수단이라고 말하고 싶은 것이냐. 허면 네놈에게 내릴 가르침 따위란 없다. 네놈은 무인(武人)이 아니지 않느냐?"

부들부들.

"아니 무인이 되려면 뭐가 그리 고상해야 되는 거요!"

"무인이 아닌 자와 무를 논할 수는 없는 법."

"이, 이익!"

그렇게 검신은 냉정히 염상록을 외면하더니 이내 진가희를 바라보았다.

"병(病)들었구나."

"네?"

어느덧 검신의 눈빛은 딸을 걱정하는 아비처럼 따뜻하게 변해 있었다.

"삶이란 녹록지 않은 것임을 감히 누가 부정할 수 있겠느냐. 하나 원한과 증오로 쌓아 올린 무(武)는 끝내 세월 앞에 허물어지는 토성(土城)과 같을지니."

검신이 의념을 일으켜 진가희의 전신을 따뜻하게 감쌌다.

"더구나 사기(邪氣)로 이룩한 성취라 끝내 그 골수에 병이 들 것이다. 아니 이미 진행되고 있을지도 모르겠구나. 긴장을 풀고 몸을 내맡겨 보아라."

"아아……."

검신의 입가에 안도의 미소가 슬며시 피어오른다.

"사기가 골수에 미치기 전에 이를 살폈음이니 과연 그나마 다행이로다."

병들었구나.

자신의 마음과 육신이 모두 병에 찌들었다는 것을 한 눈에 알아본 검신의 그 한마디에 진가희는 허물어져 버렸다.

마치 그간의 지독한 외로움이 모조리 씻겨 내려가는 기분.

"타인의 정혈(精血)을 탐하여 성취를 이루는 내공심법은 하나같이 세상을 향한 증오와 원한을 기반하느니. 그런 병든 마음으로는 결코 경지에 이를 수 없다. 분명 산공(散功)의 위험성을 그대의 사부가 일러 줬을 터인데."

"아, 맞아요."

분명 독편살왕은 혈사심천공(血蛇心泉功)이 마교에 그 유례를 둔 내공심법이라 했다.

혈사심천공은 결정적인 도전의 순간 심마를 이겨 내고 경지를 돌파하지 못한다면 반드시 모든 내공이 해체되는 산공의 순간을 겪을 수밖에 없는데, 이는 마공(魔功)의 보편적인 특징이었다.

"마음에서 원념(怨念)을 비워 내거라. 그렇지 않으면 끝내 비참한 죽음을 피할 수 없으니 그것이 바로 마공의 한계다."

입술을 꼬옥 깨물고 있는 진가희.

자신의 불구대천의 원수 흑천대살은 이미 죽었다.

자신을 탐했던 사부 독편살왕도 한설현의 빙백신장에 의
해 폐인이 되었다고 전해진다.

더 이상 원한을 품는다는 것도 웃긴 일이었다.

"명심할게요."

한데 그때.

-거 무슨 개소리요!

영계에서 마신이 발작을 하고 있었다.

**-증오와 원념을 오히려 벼려 내라! 세상을 향해 광기로 울
부짖어라! 마인이 마(魔)의 본질을 잊는 순간 그게 바로 진정
한 죽음인 것이다!**

"어허! 거 무슨 해괴한! 그 입 닥치시오!"

-흥! 그대의 방식이 다 옳은 것이 아니오!

"어허! 이 무슨 짓!"

화아아아아악!

그렇게 강제로 조휘의 육신을 차지한 마신이 진가희에게
두 눈을 부릅뜨며 강대하게 외쳤다.

"네년! 증오와 원념을 벼려 내 그 마음에 마화(魔火)를 피
워 내라!"

"헉!"

"히익!"

츠츠츠츠츠츠!

마신의 전신에 서린 광대무변한 마기로 인해 사위가 질식할 듯한 압박감으로 물들었다.

"네놈들!"

마신이 시선으로 자신들을 가리키자 염상록과 진가희가 기겁을 하며 대답했다.

"예!"

"넵!"

마신이 근엄한 표정으로 되물었다.

"네놈들! 마신공(魔神功)을 배워 보겠느냐?"

마신공?

잘못 들었나 싶어 연신 두 눈을 껌뻑이고만 있던 염상록이 이내 기겁하며 입을 벌렸다.

"서, 설마 천마신공(天魔神功)을 말씀하시는 겁니까?"

"그렇다. 배워 보겠느냐?"

아니 여기서 감히 '배우지 않겠습니다.'라고 말할 수 있는 사파인이 어디 있겠는가?

천마신공이라 함은 이 땅의 모든 사마외도(邪魔外道)들의 정점에 서 있는 천마의 무공.

아니 그런데, 그 신비의 천마신교 내부에서조차 더욱 비밀스럽게 교주비전으로 전해 내려오는 천마신공을 이렇게 막 퍼 줘도 되는 건가?

하물며 교도(敎徒)도 아닌데 함부로 천마신공을 익혔다간 어떤 일이 닥칠지 너무도 눈에 선하다.

천마신교의 상상할 수도 없는 천라지망에 고통받을 것이다.

천마를 넘어 마신에 필적하는 경지에 이르러 모든 위협을 홀로 분쇄할 수 있는 능력을 갖춘다면 모를까.

결국 염상록이 피눈물을 삼키며 고개를 숙이고야 말았다.

"더없는 호의에 감사드립니다만…… 저는 으으…… 포기하겠습니다."

"포기?"

"……."

마신이 황당하다는 듯 뇌까렸다.

"이 자리에 팔대마가의 가주들이나 본 교의 쟁쟁한 주교나 호법들이 있었다면 무슨 표정을 지을지 참으로 궁금하구나. 본 교의 모든 교도들이 천하의 어리석은 놈이라며 네놈을 비웃을 것이다."

"그 무서운 마교도들이 제게 교도의 자격을 물어 오겠지요. 당연히 척살령은 따 논 당상일 거구요. 일단 살아남아야 뭐든 가능하지 않겠습니까?"

마신이 코웃음을 쳤다.

"흥! 천하가 절멸하는 마당인데 무슨 상관이냐?"

"그건 그렇지만 아무래도 교주비전의 마신공은 좀…… 마교의 척살령은 너무 무섭습니다."

"옹졸한 놈. 내 눈앞에서 썩 꺼지거라."

"히익!"

마신이 눈을 부라리자 염상록은 줄행랑을 쳐 버렸다.

한편, 강비우가 어금니를 악 깨물며 마신 앞에 당당히 섰다.

"저는 배우겠습니다."

"과연 네놈만은 그럴 줄 알았다."

씨익.

영계 속에서 내내 강비우를 지켜봐 왔던 마신은 무공에 관한 그의 진지한 삶의 자세를 그렇지 않아도 기꺼워하고 있었다.

"손을 내밀어 보거라."

강비우는 마신이 자신의 내공을 살피려는 뜻을 곧바로 파악하고 망설임 없이 자신의 완맥(腕脈)을 들이밀었다.

"흐읍!"

이내 경악성을 내뱉는 강비우.

한 줄기 음유한 기운이 자신의 내부로 진입함을 느낀 찰나, 도무지 상상도 할 수 없는 거대한 기운으로 화해 순식간에 자신의 기해혈(氣海穴)을 에워쌌기 때문이다.

그런 마신의 막강한 내공력이 마치 자신의 역량을 시험하듯 옥죄고 풀기를 반복하고 있었다.

한데 문제는 그것이 실신할 것만 같은 고통을 수반한다는 것이었다.

"으으으윽!"

평생토록 닦아 온 고된 수련으로 웬만한 극통에는 미동조차 하지 않는 정신력을 지니게 된 강비우였지만 마신의 시험은 그야말로 차원이 다른 종류였다.

그렇게 마신이 단전의 역량을 시험한 지 반각쯤 지났을까.

이내 그가 만족한 듯한 미소를 입가에 그려 냈다.

"과연 단단하다. 제법이군. 역천공의 일종 같은데."

마신이 압박을 풀자 그제야 강비우는 비 오듯 흘러내리는 이마의 땀을 훔치며 혈색이 돌아왔다.

"크으으…… 묵…… 묵룡혼원공(墨龍混元功)입니다."

"들어 봤다. 독패의 내공심법이었던가."

독패(獨霸) 막후(莫侯).

사부께서는 언제나 무릎을 꿇은 채 마음 깊이 경원하며 그 이름을 불러 왔다.

독룡십육로를 창안한 사파의 전설적인 검수.

"하지만 한계가 있지. 역천에 기반한 내공은 모두 산공을 겪는다. 이미 알고 있겠지?"

"예……."

역천공(逆天功).

다른 이름으로는 마공(魔功).

이 무시무시한 내공심법은 백회에서부터 회음으로 이어지는 일반적인 일주천(一週天)과는 반대로 오히려 역순으로 내기를 운행한다.

23

이는 무학의 상리를 완전히 벗어난 것으로 본래 쉽게 가능한 것이 아니었다.

허나 폭주하려는 내기를 강력한 약물이나 마성(魔性)으로 극복하고, 마침내 들끓는 기혈을 통제할 수만 있다면 일반적인 신공에 비해 수배, 많게는 수십 배에 달하는 효율을 낼 수 있었다.

물론 마공이라고 해서 다 같은 마공은 아니었다.

그 정교함과 치밀함은 오랜 역사와 정확히 비례하며 그중에서도 묵룡혼원공은 최상위의 마공이었다.

때문에 정파의 신공이 내공 일 갑자를 닦는 데 수십 년의 고련을 수반하지만 이런 최상위의 마공은 고작 수년으로 가능했다.

정파보다 사마외도 쪽에 화경의 고수가 압도적으로 많은 것은 바로 그런 이유 때문.

허나 절대경부터는 오히려 완전히 뒤집어진다.

정순하며 안정적인 정파의 신공이 빛을 발하는 것은 바로 그때부터였다.

"네놈 역시 특별한 기연이 없이 화경의 극에 다다르면 결국 산공의 고통을 겪을 수밖에 없을 것이다."

진득이 입술을 깨무는 강비우.

"알고 있습니다."

마신의 두 눈에 음유한 기운이 스친 순간.

"허면 비워라."

그게 무슨?

강비우는 기해혈에서 갑자기 상상도 할 수 없는 고통이 밀려들어 오자 현실을 받아들이지 못하고 멍하니 마신을 응시하고 있었다.

"잡스러운 역천공 따위와 어찌 본 좌의 마신공을 비교할 수 있겠느냐."

"아, 아니! 아아아악!"

막강한 내력으로 쉴 새 없이 용솟음치던 단전이 한순간에 으깨진다.

마신공의 광대무변한 힘이 강비우의 단전을 한 점의 망설임도 없이 짓이겨 버린 것이다.

"으아아아아악!"

강비우의 처절한 비명이 울려 퍼지자 주위의 모든 동료들도 함께 황망한 얼굴로 굳어졌다.

이처럼 자신보다 상위의 고수에게 완맥을 잡힌다는 것은 극도로 위험한 일.

하지만 마신이었다.

설마하니 그런 위대한 자가 마치 하찮은 피조물 다루듯 까마득한 후배의 단전을 부숴 버리리라고는 상상도 하지 못한 것이다.

아무리 강비우과 화경을 이룩하여 전신의 모든 기혈이 단전화되었다지만 그래도 기해혈이 망가지면 내기의 운행 자체가 불가능해진다.

무인으로서의 그의 생명이 끝난 셈이니 모두가 황망해할 수밖에 없는 것이다.

"이, 이게 무슨 짓입니까!"

채앵!

의외로 가장 먼저 남궁장호가 야차처럼 얼굴을 구기며 검을 뽑아 들고 있었다.

비록 세력은 다르다 하나 강비우 역시 자신과 마찬가지로 인생 전부를 검에 걸고 있는 검수(劍手)이자 무인.

그런 열정 어린 검수의 일생을 송두리째 짓밟은 셈이니 아무리 마신이라고 해도 분노하지 않을 수 없었던 것이다.

"본 좌의 마신공에 기해(氣海)는 오히려 거추장스러울 뿐."

기해혈, 즉 단전이 거추장스럽다?

무의 정점에 서 있는 마신이라는 존재가 어찌 그런 터무니없는 망발을?

"내 친히 마화(魔花)를 네놈에게 새겨 넣을 것인즉, 이는 오직 천하에 본 좌만이 할 수 있는 것이니 영광으로 알거라."

자신의 주위로 아스라이 흩어져 가는 묵룡혼원공의 잔재를 허무한 시선으로 바라보던 강비우가 일순 기이한 표정을 했다.

우우우우웅-

자신의 신체, 그 정중앙 부근에서 근원을 알 수 없는 묘한 힘이 점차 세(勢)를 불리고 있었다.

시간이 지날수록 타는 듯한 갈증이 느껴졌으며 곧 그 힘은 자신의 전신을 지배하기 시작했다.

"이건……?"

마신의 두 눈, 암자색으로 너울거리는 그의 귀화(鬼火)가 여느 때보다 짙게 타오른다.

"본 좌의 일부다."

"예?"

"마화는 일반적인 내공이 아니다. 인간의 살아 있는 사념이요 영혼의 울림이지. 눈을 감고 느껴라. 살핀 만큼 얻게 될 것이다."

강비우는 감히 경시하지 못하고 즉시 두 눈을 감았다.

자신의 내부로 천천히 차오르는 미지의 힘을, 엄청난 집중력을 발휘해 느끼기 시작한 것이다.

과연 그것은 영원히 타오를 것만 같은 들끓는 감정의 연속이요 영혼의 울림이었다.

〈마화의 시작은 감정을 극대화하는 것이다. 그것이 분노든 증오든 원념이든 갈망이든…… 아무런 상관도 없다. 감정을 벼려 내고 또 벼려내 그렇게 날 세운 감정을 하나의 심상(心想)으로 완성할 수 있을 때 오롯한 마화가 피어난다.〉

결국 강비우가 선택한 감정은 갈망(渴望)이었다.

검으로써 천하에 홀로 우뚝 서고자하는 검수의 강력한 갈망.

그런 끝도 모를 갈망이 도화선이 되어 마침내 마신이 심어놓은 마화와 서로 반응하기 시작한다.

이윽고 그런 갈망의 바닷속에서 공간도 시간도 느낄 수 없는 망아(忘我)가 펼쳐진다.

안식을 잊을 만큼 혼을 찢어 사념의 굴레를 돌리고 또 돌려라(冥天回回 逆魂亡安).

모든 것을 인식할 수 없으니 삼라만상의 법도가 무너질지니(不法無盡).

무량한 공허 속에서 오직 벼려 낸 사념, 그 갈망만이 찬란히 빛날 것이다(得我幽空).

그렇게 강비우의 귓가에 잔잔히 울려 퍼지는 마신의 구결은 그의 영혼을 순수한 갈망으로 벼려 내고 있었다.

오랜 시간이 흘러 마침내 강비우는 자신의 혼백이 쑥 하고 빠져나가는 기이한 감각을 느꼈으며 그것이 바로 마신공의 첫 단계 자혼화령이었다.

강비우의 전신이 부르르 떨린다. 기이한 열락이 자신의 온몸을 지배했기 때문이다.

내부에서 너울거리며 타오르고 있는 기묘한 불꽃.

그런 마화의 강렬한 존재감에 그야말로 아득한 심정이 되어 강비우는 오래도록 전율하고 있었다.

"그것이 마화다."

강비우는 본능적으로 이 마화란 것이, 이론상으로 존재하는 줄로만 알고 있었던 중단전(中丹田)임을 깨달을 수 있었다.

이 사념의 집약체인 중단전은 의념지도를 통제하고 발휘할 수 있는 가장 완벽한 수단이었다.

그렇게 강비우는 타오르는 마화를 천천히 갈무리했고, 마침내 엄청나게 확장되어 가는 감각을 느낄 수 있었다.

"아아……!"

자신의 의념이 천하에 두루 미치고 있었다.

이런 광활한 감각권, 이런 다시없을 세상이 존재했단 말인가!

그렇게 그가 황홀한 열락에 빠져 있을 때, 다시 마신의 흡족한 목소리가 들려왔다.

"어떠냐? 아직도 단전 따위를 잃은 것이 후회가 되느냐?"

"아, 아닙니다!"

정신없이 고개를 도리질하는 강비우.

이내 그의 눈가가 축축하게 젖어 갔다.

"설마…… 혹 이것이 절대(絶大)란 말입니까?"

마신이 호탕하게 웃는다.

"크하하하! 방원 삼백 장에 빼곡히 의념을 뿌려 대고 있으면서 지금 네놈은 무슨 소리를 하고 있는 것이냐?"

"……예?"

마신이 주위를 둘러봤다.

그의 시선을 따라 훑던 강비우에게로 다시 마신의 음성이
이어졌다.

"보아라. 이미 너의 천하(天下)이지 않느냐."

"아아……!"

나의 천하, 나의 공간.

그것은, 오직 확장된 의념으로 자신의 존재감을 만천하에
드리울 수 있는 자만이 자신할 수 있는 광오함이었다.

"너는 이미 절대다."

조휘의 동료들은 그대로 굳어지며 전율하는 강비우를 멍
하니 바라봤다.

절대경(絶大境).

무좌(武座)로 떠받들어지는 위대한 무공의 경지.

불과 반나절도 되지 않은 시간에 강비우는 일약 세력의 종
주급 위상을 지니게 된 것이다.

조휘의 동료들은 이런 방식으로 무공이 전수될 수 있다는
것이 도무지 믿어지지 않았다.

이렇게 쉽게 절대경에 오르는 것이 가능하다면 이 무림에
는 절대경으로 넘쳐날 것이 아닌가?

그렇게 마신은 이 땅 위의 모든 사부(師父)들을 등신으로
만들어 버리며 이내 조휘의 처소를 향해 표표히 걸음을 옮기
고 있었다.

"피곤하구나."

순간 장일룡이 마신의 바짓가랑이를, 진가희가 그의 목을 휘감았다.

"마신 어른! 아니 사부님! 이 못난 제자가 감히 내심으로 검신 어른과 사부를 비교하는 천인공노할 죄를 지었습니다! 부디 용서해 주십시오!"

"마신 오빠!"

마신이 툴툴거리며 제자(?)들을 뿌리쳤다.

"놔라 이놈들아!"

저 멀리서 염상록도 눈부신 경공으로 달려오더니 그대로 마신 앞에 오체투지했다.

"아이고! 제가 잠시 돈 게지요! 감히 천하에 절륜한 마신 어른의 천마신공을 거절하다니! 다시는 그런 망발을 일삼지 않겠습니다! 제 구배지례를 받아 주십시오!"

순간 마신의 입가에 의미심장한 미소가 서렸다.

"'삼신 중 마신이 최강이다.'라고 세 번 외친다면 어디 한번 생각해 보마."

다분히 검신을 의식한 행동.

염상록이 오히려 펄쩍 뛰었다.

"거 당연한 말씀을! 삼신 중 마신이 최강이다!"

한 점의 망설임도 없이 삼세 번 복창하는 염상록을 흡족한 표정으로 바라보던 마신이 문득 남궁장호를 향해 시선을 옮겼다.

"네놈도 할 수 있겠느냐?"

"으음……."

눈알을 요리조리 굴리며 갈등하는 기색이 역력한 남궁장호.

자신의 강력한 경쟁자인 강비우가 눈앞에서 절대경이 되는 것을 똑똑히 지켜본 마당이거늘 갈등되지 않는 것이 더 이상한 일일 것이다.

"삼신 중 마신…… 마신이……."

남궁장호가 차마 마지막 입을 떼지 못하는 그 순간 영계 속에서 울부짖는 듯한 검신의 목소리가 울려 퍼진다.

-그, 그 입 닥치지 못하겠느냐!

"그러게 왜 애들 기만 죽이고 줄 듯 말 듯 약이나 올리시나? 낄낄!"

검신이 이토록 동요하며 화를 내는 것은 처음 겪는 일이었기에 마신은 여느 때보다 마음이 개운했다.

"어험, 어서 해 보래도?"

"크윽……!"

마신의 집요한 시선에 남궁장호는 이를 악물며 갈등할 수밖에 없었다.

허나 가슴에 검을 품고 살아가는 정파인이라면 누구나 숭배해 마지않는 검신이었다.

아무리 마신이 위대한 무인이라 하나 그는 저 사악함의 총본산인 마교의 교주 출신!

아무리 높은 경지를 향한 갈망이 크다손 쳐도 어찌 정파의 후기지수로서 마교 교주를 숭배할 수 있단 말인가!

"후…… 전 못 하겠습니다."

고개를 떨어뜨리는 남궁장호를 향해 마신이 비릿한 웃음을 보냈다.

"네놈도 어쩔 수 없는 정파 놈에 불과하구나. 알았다."

마신이 아직도 오체투지하고 있는 염상록을 한 차례 흘겨봤다.

하지만 안타깝게도 그를 향한 평가는 검신과 대동소이할 수밖에 없었다.

"팔맥(八脈)도 평범하고 경락(經絡)도 이미 쇠퇴했구나. 그나마 기골이 장대하여 무기를 다루는 것이 조금 유리할 뿐 전체적인 근골의 평가는 평범하다고밖에 할 수 없다. 겸(鎌)을 선택한 것은 무엇 때문이더냐?"

염상록의 입에서 의외의 대답이 흘러나왔다.

"거리 때문입니다요."

"거리? 빠른 성취 때문이 아니었더냐?"

염상록이 가늘게 고개를 저었다.

"물론 그것도 있지만 근본적으로 저는 안 맞고 때리기만 하는 걸 선호합니다요."

겸(鎌)은 창(槍)과는 달리 방어 초식을 펼치는 데 한계가 있었다.

때문에 겸술은 무기의 독보적인 파괴력만을 극대화하기

위한 공격 일변도의 속성을 지닌 것이 일반적이었다.

모든 방어 초식과 허초를 배제한 완벽한 하나의 살초(殺招).

허나 살상력이 극도로 강한 대신 반격에는 상당히 취약할 수밖에 없으며 이를 극복하기 위해서는 일정한 사정거리를 내내 유지하는 것이 필수였다.

물론 그것은 쌍겸을 자신의 수족처럼 완벽하게 통제할 수 있어야 가능한 일.

하지만 기다란 쇠사슬 끝에 매달린 커다란 낫을 수족처럼 다루는 것은 결코 쉬운 일이 아니었다.

"그래서 그 쌍겸은 네놈의 화신(化身)이 되었더냐?"

그런 마신의 질문에 염상록은 가타부타 대답지 않고 몸을 일으켰다.

대답 대신 그는 수라살마겸의 살초를 전력으로 펼쳐 보이기 시작했다.

한 쌍의 겸이 가파르게 하강하며 공기를 찢자 소름 돋는 파공음이 사방으로 휘몰아친다.

쐐애애애애애액!

콰아아아아앙!

지면에 꽂힌 채 덜덜 떨리고 있는 쌍겸을 마신이 흥미롭다는 듯 쳐다보고 있었다.

"호오, 제법 빠르구나."

마신에게조차 빠르게 느껴진다면 동료들이 느끼기에는 어

떻겠는가?

염상록의 진심전력이 담긴 수라살마겸은 진가희조차도 처음으로 접하는 것이었다.

"호?"

그야말로 빛살과도 같은 일격!

흑천련의 웬만한 귀살(鬼殺)들은 미처 방비하지도 못하고 일격에 머리가 쪼개졌을 것이다.

그렇게 염상록은 수라섬(修羅閃)을 시작으로 혈란포(血亂砲), 파육비(波六飛), 나천쾌(羅千快), 극륜살(極輪殺) 등의 십삼 살초를 연속으로 펼치기 시작했다.

평소의 장난기를 지우고 진심으로 펼친 그의 수라살마겸은 누구도 부정할 수 없는 절륜함을 지니고 있었다.

이에 마신이 탄성을 터뜨렸다.

"놈! 외력을 극한까지 단련했구나!"

외력(外力).

다른 말로는 동공(動功).

가부좌를 통해 내공을 닦는 일반적인 내공심법과는 달리, 움직이면서 내공을 운기하는 동공은 익히기도 까다롭고 성취도 빠르지 않아 강호에서 흔히 볼 수 있는 무공이 아니었다.

허나 동공은 그런 단점만이 있는 것은 아니었다.

운기의 행로를 초식에 완벽히 일치시킬 수 있음으로, 초식의 완성도나 절륜함이 날이 갈수록 배가 될 수밖에 없는 것이다.

때문에 동공의 위력이란 닦은 세월만큼 정확히 비례하는 것.

저 나이에 저 정도로 상승의 외력을 보일 수 있다는 것은 실로 놀라운 일이었다. 그가 마겸왕의 제자가 된 것은 결코 우연이 아닌 것이다.

한데, 마신은 이런 무공을 어디선가 본 적이 있다는 생각이 들었다.

그렇게 한참이나 골몰하던 마신이 이내 그 얼굴에 한가득 의문을 드러냈다.

"마곡(魔谷)? 혹 네놈은 마곡의 후인이더냐?"

염상록이 호흡을 가다듬으며 쌍겸을 다시 갈무리했다.

"마곡이요? 그런 곳은 금시초문입니다만…….."

수라살마겸의 근원은 자신의 사부인 마겸왕도 알지 못했다.

"강호에 존재하는 대부분의 동공은 불문(佛門)에 그 뿌리를 두고 있다. 그 옛날, 소림 최초의 파계승인 마불이 최후에 은거한 곳이 바로 마곡이지. 다소 변형되긴 했다만 네놈의 초식은 틀림없는 마곡의 그것이다. 대단한 기연을 얻었구나."

"마, 마불이요?"

마불(魔佛).

그 엄청난 별호는 염상록도 들은 바가 있었다.

혜가 스님 이후 가장 높은 경지를 이룩한 무승.

허나 연원 모를 일로 파계승(破戒僧)이 되어 강호에서 사라진 비운의 인물.

강호풍운록에는 그런 짧은 언급만 있을 뿐 분명 그의 최후는 누구도 알지 못한다고 하였다.

"아, 아니 이게 그 마불의 무공이라는 말씀입니까?"

수라살마겸은 누가 봐도 패도적이고 살기가 짙은 무공이었다. 불문의 무공이라고는 도저히 생각할 수가 없는 것이다.

"마불…… 그놈의 별호를 무시하지 마라. 그놈은 소림절예를 기이하게 변형하여 중원의 모든 마공을 무색하게 만든 놈이다. 녀석…… 그토록 강호를 증오하며 끊어 내던 놈이 끝내 후인을 남겼구나."

"아, 아시는 분이었습니까?"

"본 좌의 의제(義弟)다."

옛 생각에 빠진 듯 마신의 두 눈에는 회한이 가득 서려 있었다.

창공을 바라보며 한참이나 음울한 표정을 지어 보이던 마신이 다시금 염상록을 쳐다보았다.

"마불의 무공을 견식하고 싶은 게로구나."

침을 꿀꺽 삼키며 정신없이 고개를 끄덕이는 염상록.

"물론이지요! 보고 싶습니다!"

"어찌하여 검술로 변형되어 전해졌는지 그 연유는 모르겠으나 마불의 절학은 본디 봉술(棒術)이었다."

스스스스스-

곧 의념의 기운이 일더니 저 멀리서 기다란 막대기 하나가 날아와 마신의 손에 쥐어졌다.

텁!

"본 좌에게 신(神)의 휘호가 따라붙기 전까지만 해도 그놈의 봉술은 본 좌의 삼검에 필적했다."

그런 마신의 음성에 조휘의 동료들이 하나같이 입을 쩍 하니 벌렸다.

저 마신이 말하고 있는 삼검(三劍)이라면 필시 천마삼검을 뜻할 터.

마불은 강호풍운록상에 짧은 언급만 있을 뿐 천하에 이름을 떨친 무인은 아니었다.

그런 마불의 봉법이 마신의 천마삼검과 자웅을 겨룰 정도였다고?

마신이 피식 웃었다.

"이놈들아. 탈마(脫魔)와 신마(神魔) 사이에는 하늘과 땅만큼의 간극이 존재한다."

탈마와 신마를 정파의 경지로 빗댄다면 절대경과 자연경.

과연 그의 말은 탈마의 경지였을 때 마불과 비슷했다는 말이니, 비로소 그 뜻을 올곧게 이해할 수 있었다.

"그래도 당대의 팔무좌(八武座)? 본 교의 마화를 도둑질해 간 그 자하 놈만 아니라면 결코 그놈의 상대가 될 수 없지. 보여 주마."

마신의 봉이 너른 포물선을 그리더니 곧 믿을 수 없는 변화를 그려 낸다..

파아아아앙!

날카로운 파공음이 들려온 순간, 그의 봉이 점멸(點滅)되었다.

이어 느껴진 것은 지축이 흔들거리는 듯한 진동이었다.

쿠쿠쿠쿠쿠쿠

조휘의 동료들이 일제히 소음의 근원지를 향해 고개를 돌렸다.

이어 들려온 진가희의 비명.

"꺄아악! 뭐, 뭐야 저게!"

수백 장 밖, 포양호의 수변을 따라 똬리를 틀고 있는 산릉선 어느 한 부분에 거대한 구멍이 패여 있었다.

그로 인해 순식간에 능선의 정상이 허물어지며 엄청난 규모의 흙더미가 포양호 변으로 떨어지고 있는 것이다.

콰콰콰콰콰콰-

도무지 믿을 수 없는 광경에 모두가 입을 다물지 못하고 있을 때, 마신이 다시 염상록을 응시했다.

"봤느냐? 네놈만은 느낄 수 있겠지."

"혀, 혈란포(血亂砲)……."

전혀 다른 성질의, 그야말로 궤를 달리하는 파괴력.

형(形)만 비슷할 뿐 이건 전혀 다른 차원의 무공이었다.

"차이를 알 수 있겠느냐?"

"모, 모르겠습니다."

마신의 표정이 더없이 진지해졌다.

"대체 누구의 짓인지는 몰라도 그놈의 봉술을 겸으로 변질 시킨 것은 가장 멍청한 선택이었다. 겸은 살기만 흉내 낼 뿐 가장 중요한 본질을 소화할 수 없지 않느냐?"

"본질이요?"

"네놈의 무공이 왜 동공(動功)인지 아직도 모르겠느냐?"

"……."

순간, 마신의 손에 들려 있던 봉이 잔상을 일으키며 부르르 떨렸다.

눈에 보이지도 않을 엄청난 속도로 회전하고 있는 것이다.

"이 전사력을 극한으로 연마할 수만 있다면 모든 초식에 엄청 난 파괴력을 담을 수 있게 되지. 마불의 무공이 동공인 이유는 바로 이런 전사(轉斜)의 묘(妙)를 초식에 함양하기 위함이다."

"아!"

그제야 이해하기 시작한 염상록.

"한데 겸이라니? 그 기이한 형태의 무기로 무슨 전사의 묘 란 말이더냐."

염상록이 온몸을 부르르 떨었다.

그렇지 않아도 자신의 무공에 뭔가 빠진 것만 같았던 그 기 묘한 느낌이 이제야 비로소 모두 채워진다.

그렇게 찾아온 무아지경.

갑작스레 깨달음의 열락이 몰아쳐 그의 무공이 완전한 변화를 맞이하고 있는 것이었다.

한 식경쯤 지나 그가 눈을 떴을 때 그는 완전히 다른 분위기의 무인으로 변모해 있었다.

한없이 침잠해져 있는 눈빛.

쿵-

염상록은 그렇게 말없이 쌍겸을 바닥에 버린 채 쓰게 웃고 있었다.

"하하……."

허탈했지만 한편으로는 속 시원해 보이는 웃음소리.

그것은 평생을 헛된 길을 헤매 왔다는 자조이자 마침내 길을 찾은 무인의 쾌감이었다.

어느덧 그런 염상록의 주위로 유형화된 기(氣)가 아지랑이처럼 일렁이고 있었다.

장일룡이 입을 귀까지 찢으며 제 일처럼 즐거워했다.

"하하하하핫! 진무화(眞武花)다!"

그런 명백한 화경의 상징 앞에서 또다시 경악하는 조휘의 동료들!

단 하루 만에 조가대상회에 절대경과 화경의 무인이 추가로 탄생했다.

아무리 전설의 삼신이라지만 이게 도대체 말이나 되는 일인가?

경지를 이룩하는 것이 이토록 쉬웠다면 이 드넓은 강호에 수많은 고수가 득실거렸을 것이다.

자연경을 이룩한 무인의 경험과 안목이 이토록 위대한 것일 줄이야!

마신이 염상록을 향해 엄히 꾸짖었다.

"갈! 성급하다! 깨달음을 온전히 갈무리하기에는 너무 짧은 시간이 아니더냐!"

"아!"

그런 마신의 말에 화들짝 놀라며 다시 염상록이 가부좌를 틀자, 진가희도 질세라 마신에게 다가가 당차게 무릎을 꿇었다.

"마신 가가! 저도요!"

가가라는 호칭에 일순 미간이 찌푸려졌으나 마신은 왠지 싫지 않은 듯 실소를 머금고 있었다.

"허, 고년 참."

장일룡도 열망 가득 담긴 얼굴로 진가희의 곁에 함께 무릎을 꿇었다.

"고금제일무(古今第一武)! 과연 삼신 중 최강의 무인이십니다!"

"크핫핫핫핫!"

심히 흡족한 듯 허리까지 재껴 가며 호탕하게 웃음을 터뜨리는 마신.

한데 그때.

"……사, 삼신 중 마신이 최강이다!"

눈꼬리를 파르르 떨며 이 악물고 무릎을 꿇고 있는 남궁장호!

"아, 아니 남궁 형?"

남궁장호를 아는 이라면 누구라도 두 눈을 의심할 수밖에 없는 장면이었다.

아무리 그래도 그렇지 무공 욕심에 정파인의 양심을?

장일룡의 황망한 시선에 남궁장호가 더없이 씁쓸한 표정이 되어 고개를 떨어뜨리고 있었다.

그런 그의 편을 들어 주는 것은 오직 강비우뿐.

"암. 소림승이라고 해도 이건 못 참지."

77 章.

기나긴 명상에서 깨어난 염상록의 시야에 들어온 것은, 하나 같이 가부좌를 튼 채 깨달음을 정리하고 있는 동료들이었다.

개중에 몇몇은 진무화 상태로 운기조식을 하고 있었고, 특히 남궁장호와 진가희는 깊은 깨달음의 영역에 빠져 연신 열락에 몸을 떨고 있었다.

그렇게 동료들이 극상승의 경지를 밟아 가는 과정을 바라보고 있자니 염상록은 헛웃음이 터져 나왔다.

"하하……!"

이쯤 되면 마신이 정말 신(神)이 아닌가 싶을 지경.

염상록은 도저히 호기심을 참지 못하고 무심히 동료들을

47

지켜보고 있는 마신을 향해 질문을 던졌다.

"마신이시여, 도대체 이놈들을 어떻게 하신 겁니까요?"

"나야."

"음?"

과연 그의 전신에서 느껴지던 광대무변한 마기가 온데간데없었다. 더욱이 익살스럽게 웃고 있는 것으로 보아 그가 본래의 조휘로 돌아온 것은 확실해 보였다.

"두 눈으로 보고도 도저히 믿기지가 않는다. 정말 지금 모두 경지에 오르고 있는 거냐?"

"깨달음의 차이야 대동소이하겠지만 뭐 어쨌든 그런 편이지."

"아, 아니 그게 말이 돼?"

조휘가 피식 웃었다.

삼신(三神)이 대단한 것은 자연경에 이른 그들의 무학적 경지 때문만이 아니었다.

엄청난 경험을 바탕으로 한 폭넓은 식견과 안목이 그들이 신이라 불리는 진정한 이유일 터.

검신 사부께 가르침을 받으면서 지금까지 수도 없이 전율을 느껴 온 조휘였기에 지금의 광경은 전혀 어색한 것이 아니었다.

"차라리 조가대상회 따위는 때려치우고 삼신문(三神門)을 열자. 이런 속도로 고수들을 찍어 낼 수만 있다면 강호 제패는 식은 죽 먹기 아니냐?"

그런 염상록의 말에 피식 웃어 버리고 마는 조휘.

당장 이 철없는 놈부터가 쟁쟁한 혹천팔왕의 제자다.

게다가 남궁장호는 천하후기지수들의 으뜸이라는 화산소룡과 경쟁하던 남궁세가의 소검주.

저 강비우 역시 사천회주가 가장 아끼는 후계였으며 진가희도 만만찮은 무학적 재능의 소유자.

이 자리에 모여 있는 젊은이들은 하나같이 정사를 통틀어 손꼽히는 재능을 보유하고 있는 후기지수들이었다.

하나를 가르치면 열을 깨우치는 빼어난 오성(悟性)이, 평범한 강호인들 모두에게 적용되는 것은 아닌 것이다.

"무슨 삼신의 가르침을 아무나 다 소화할 수 있다는 거냐."

"음?"

말투는 아니꼬웠으나 정작 그 뜻은 동료 모두를 칭찬하고 있는 것.

저 천하의 악랄한 소검신이 자신에게 칭찬을 늘어놓을 때도 있다니 살다 보니 별일도 다 있다 싶은 염상록이었다.

"어쨌든 조가대상회의 전력이 비약적으로 상승했군."

그렇게 동료들을 한차례 흐뭇하게 바라보던 조휘가 이내 철검을 허공에 띄웠다.

"또 어디 가려고?"

"일야만락화접."

"음?"

그러고 보니 홍예가 없었다.

흑왕부에서의 일이 워낙 정신이 없었기에 그녀의 존재를 까맣게 잊고 있었던 것이다.

"우리가 모두 지하 공동에 갔을 때 그년 혼자 지상에 남아 있었지. 또 거기서 보고 들은 걸 활용해 어떤 사고를 쳐도 이상하지 않은 년이다. 같이 갈래?"

"아니. 잘 다녀와라."

염상록이 다시 주저앉아 질끈 눈을 감아 버리자 조휘는 피식 웃더니 그대로 철검에 몸을 실었다.

◆ ◈ ◆

공공(空空).

소림의 활불(活佛).

엄연히 소림에는 방장(方丈)이 존재했으나 당대의 선종을 이끄는 실질적인 지도자는 누가 뭐래도 공공대사라 할 수 있었다.

소림사 지객당.

총군사 제갈찬휘(諸葛燦輝)는 긴장과 초초함을 감추지 못하고 연신 눈알을 굴리고 있었다.

공공과 다시 독대해야만 한다고 생각하니 머리가 쭈뼛거리고 등줄기가 서늘해져서 도무지 제정신을 가누기가 힘들었던 것.

공공은 자타공인 당대 최고 배분을 지닌 노고수로, 우내삼협이 나타나기 전까지만 해도 무림맹주 이상의 위상을 지닌 시대의 거인이었다.

제갈찬휘 역시 그런 공공을 서책 속의 역사에서 배워 온 까마득한 후배였기에 긴장되지 않을 수가 없는 것이다.

"아미타불……."

"대, 대사님!"

나직이 불호를 외며 지객당에 들어서는 노승은 틀림없는 공공대사.

이마의 계인(戒印)조차 희미한 것이, 그가 지나온 세월의 깊이를 감히 추측조차 할 수 없음이다.

늘어져 흘러내린 새하얀 눈썹.

허나 나이를 무색케 하는 대춧빛 홍안.

그런 젊음은, 오랜 세월 동안 동자공(童子功)을 유지해 온 소림선승의 특권이자 상징이었다.

"허허…… 앉게나."

"예!"

자신이 아무리 무림맹 군사부를 대표하는 총군사라 하나 어찌 선종의 활불 앞에서 권력을 앞세울 수 있겠는가.

"어렵고 힘든 결정이었을진대…… 그래 번뇌(煩惱)는 모두 털어 내었는가."

어렵고 힘든 결정이라.

아마도 전대의 무황과 그 일파들을 탄핵하고 가주이신 형님을 새로운 무황으로 추대한 일을 말하는 것이리라.

제갈찬휘가 가늘게 입술을 깨물었다.

"의리나 양심 따위를 생각했다면 애초에 할 수 없는 대계(大計)였습니다. 번뇌랄 것도 후회랄 것도 없습니다."

"아미타불…… 선재로다. 선재야."

이에 제갈찬휘의 미간이 가늘게 좁아졌다.

그것이 선재(善哉)라고?

전대의 무황을 배신하고 자신의 형님을 맹주로 추대한 것이 어찌하여 공공대사를 기껍게 하는 이유가 된단 말인가?

아직도 자신은 그 이유를 알 수 없었다.

"그 얼굴에 어지러운 근심이 그득하니 스스로를 속여 난고(難苦)를 감추고 있음이로다. 아미타불…… 번뇌를 모두 잊었을 때 다시 찾아오시게."

말을 끝맺은 후 무심한 표정으로 자리를 털고 일어나는 공공대사.

순간 제갈찬휘의 두 주먹이 절로 불끈 쥐어졌다.

자신의 대계는 모두 저 공공대사의 의중으로부터 비롯된 일이었다.

선종의 활불이자 정파 무림의 위대한 원로의 뜻이 아니었다면 결코 쉽게 할 수 없는 위험천만한 결심.

지금 이 순간에도 수많은 비난과 가혹한 책임은 모두 제갈세가가 짊어지고 있는 마당이었다.

그럼에도 저 공공대사는 저리도 남의 일처럼 여겨 대니 아무리 강호의 대선배라 하나 화가 치밀어 오를 수밖에 없는 것이다.

그렇다고 대놓고 티를 낼 수도 없는 노릇.

"본 세가가 모두 감당하기에는 돌아가는 모든 사정이 녹록지 않습니다. 대사님."

제갈찬휘의 진득한 음성이 공공대사의 무심한 얼굴에 감정이 돌게 만들었다.

"미욱한 후배로고."

말투만 인자할 뿐 힐난이나 질책에 다름이 아니었기에 제갈찬휘는 끝내 참지 못하고 벌떡 일어났다.

"대사께서는 은막 뒤에 숨어 모든 것을 조종하는 밀존(密尊)이 되고 싶은 것입니까?"

순간 공공대사의 두 눈에 깊은 이채가 서린다.

"아미타불…… 허허……."

불호를 뇌까리며 허허롭게 웃고 있는 공공대사의 음성은 단순한 웃음소리가 아니었다.

그것은 막대한 의념이 가미된, 소림이 자랑하는 사자후의 묘용이 담겨 있는 웅혼한 울림이었다.

"크으윽!"

제갈찬휘는 폐부가 뒤집어지는 듯한 엄청난 압력을 견디지 못하고 결국 그 자리에서 허물어졌다.

상상할 수도 없는 고통이 잇새를 비집고 나왔으나 그는 억지로 이를 악다물며 비릿한 핏물을 삼키고 있었다.

"설마 후배는 모든 것을 홀로 감내하고 있다고 여기는 겐가?"

"크윽! 그럼 아닙니까!"

쿵!

공공대사가 선장을 바닥에 내려찍으며 예의 강대한 음성을 이어 나갔다.

"사람의 마음이 간교한 것은 스스로를 돌아보지 않는 편협으로부터 비롯되는 법! 노납의 도움으로 원로원의 반발을 수월하게 무마한 것을 벌써 잊었단 말인가?"

"애초에 모든 행사는 대사님의 의중으로부터 비롯된 일이 아닙니까! 어찌 이리 무심할 수 있으십니까!"

공공대사의 표정에 일순 경멸이 스친다.

"자네는 무림맹의 총군사네."

"……"

권력이 옮겨 갈 때, 모든 역심(逆心)에는 필연적으로 후환과 혼란이 수반될 수밖에 없다.

공공대사는 무림맹의 총군사라는 자가 그런 혼란도 하나 제대로 수습하지 못하고 있음을 꾸짖고 있는 것이다.

하지만 제갈찬휘는 억울하고 또 억울했다.

"소검신(小劍神)은 천외입니다!"

"천외?"

보통, 인력으로 닿지 않는 일을 말할 때 사람들은 천외(天

外)라 부르며 경원한다.

한데 제갈찬휘는 보통 사람이 아니라 이 너른 강호에 엄청난 권력과 무력을 투사할 수 있는 무림맹 총군사.

그런 그가 저리도 스스럼없이 천외라 말한다는 것은 결코 가볍게 치부될 수만은 없는 일이었다.

"그간의 일을 모두 말해 보게나."

그렇게 제갈찬휘의 입에서 소검신의 만행(?)이 흘러나오기 시작했다.

뜬금없이 새외대전의 대영웅인 우내삼협을 조가대상회의 빈객으로 받아들이더니.

수많은 정파 군중들을 오장평에 모아 천하에 다시없을 규모의 연회를 베풀고는 무신을 소환(?)하여 그 일을 만천하에 공증해 버렸다.

그때 맛본 조가대상회의 문물에 흠뻑 빠지고 만 강북의 정파인들.

그 후로 정파인들은 미혼약에 빠진 듯 조가대상회의 문물을 게걸스럽게 탐닉하기 시작했으니, 이제 강북의 상계가 조가대상회에 의해 잠식될 것은 불을 보듯 뻔한 일이었다.

최근 제갈찬휘를 가장 당혹하게 만든 것은 괴이한 형태의 가죽옷이었다.

무림맹의 무사들이 하나 둘씩 걸치기 시작하더니, 곧 유행이 들불처럼 번져 이제는 거의 모든 맹 내의 무사들이 그 거

무튀튀하고 괴상한 가죽옷을 걸쳐 입고 있었다.

그 가죽옷은 지금까지 소림으로 향하며 지나온 모든 크고 작은 현(縣)과 성도(城都)에서도 대유행하고 있었으니 실로 기가 찰 노릇이었다.

"강한 자는 무력대로 잡을 수 있습니다. 지략이 뛰어난 자는 귀계로 끌어낼 수 있습니다. 하지만……."

제갈찬휘의 눈빛에 악독한 빛이 서렸다.

"아예 중원 강호의 문화를 변혁시키는 이런 미친 상귀 놈은 저는 지금까지 단 한 번도 상대해 보지 못했습니다."

"아미타불. 상귀(商鬼)라…… 허허!"

총군사의 그런 표현이 재미있다는 듯 연신 흥미로운 웃음을 터뜨리는 공공대사.

제갈찬휘가 더욱 진득해진 눈빛으로 말을 이어 갔다.

"제가 배운 그 어떤 신산귀계(神算鬼計)로도 도저히 예측이 불가능한 놈입니다. 무력을 대비하면 귀계를 펼쳐 오고 귀계를 대비하면 금력으로 몰아칩니다. 그것까진 괜찮습니다. 하나 강북 정파인들의 마음까지 송두리째 훔친 놈을 무슨 수로 상대할 수 있겠습니까."

"허허……!"

"이런 상황에서 소검신과 조가대상회를 맹의 적으로 공표한다면 어떤 일이 벌어질지는 너무도 뻔합니다. 아마도 절반…… 아니 그 이상의 정파인들이 맹을 돌아설 겁니다."

그 말에 조금은 진지해진 공공대사.

"아미타불, 그 정도란 말인가?"

제갈찬휘가 이를 악다문다.

"놈은 오장평의 대연회로 천하에 둘도 없는 영웅으로 거듭
났습니다. 거기에 정파 검종의 조종(祖宗)이라할 수 있는 검
신과 새외대전을 종식시킨 무신의 명성을 동시에 대리하고
있습니다. 무엇보다 무서운 것은 조가대상회의 문물로 정파
인들의 삶과 문화를 지배해 버렸다는 것입니다."

"으음……."

"당장 아쉬운 것은 강호(江湖)입니다. 그들의 문물을 잊을
수 없는 것입니다. 맹이 그들을 처결한다면 그 모든 원망과
비난이 저희에게 쏟아지겠지요. 맹은 와해되어 존립조차 장
담할 수 없습니다."

"아미타불…… 허허허……!"

"그렇게 웃지만 마시고 대사님의 혜안을 내려 주십시오."

그렇게 제갈찬휘가 연신 답답한 심정을 토로하고 있었지
만 공공대사는 은은한 미소만 머금고 있을 뿐 한동안 가타부
타 대답이 없었다.

그런 그에게서 대답이 흘러나온 것은 한참 후의 일이었다.

"대저 강호(江湖)란 무엇인가."

"예……?"

공공대사가 빙그레 웃으며 가사의 품을 뒤져 서책 하나를

꺼냈다.

"허허…… 이렇게 빠를 줄은 몰랐음이니……."

제갈찬휘가 서책에 새겨진 고풍스런 글귀를 보며 그 얼굴에 경악을 그렸다.

"대사님! 이것은!"

푸근하게 미소 짓는 공공대사.

"강호의 본질을 잊지 말게. 그것은 무(武)라네."

달마진경(達磨眞經).

서책의 겉장에 새겨진 글귀였다.

달마진경(達磨眞經).

그것은 소림이 자랑하는 칠십이종절예의 근원이며 그로부터 무수히 파생된 중원 무공의 어버이였다.

허나 그렇게 달마가 남겼다는 신비한 전설만 전해 내려올 뿐, 강호의 어떤 식자(識者)도 심지어 소림의 이름 높은 고승들도 그 진정한 실체를 알지 못했다.

"그, 그것이 실존하는 비급이었단 말입니까?"

한껏 긴장한 표정으로 침을 꿀꺽 삼키며 질문하는 제갈찬휘를 향해 공공대사는 담담히 미소 짓고 있었다.

"보리달마께서 손수 남기고 떠나신 진본(眞本)일세."

"허!"

가본(假本)도 아닌 보리달마가 직접 남긴 진본이라니?

과연 그 겉장의 고풍스러운 필체며 풍겨 오는 영험한 기운이 보통이 아니라는 생각이 들긴 했으나 설마하니 진본이라고는 상상도 하지 못했다.

공공대사의 말이 진실이라면, 저 위대한 비급이 지나온 세월은 천 년 이상이었다.

더욱이 보리달마라는 이름이 강호 무림의 역사에 끼치는 위상을 생각하면, 가히 웬만한 나라 전체와 맞먹는 값어치를 지닌 보물이라 할 수 있었다.

무림에 존재하는 그 어떤 보물도 저 위대한 달마진경에 비할 수는 없을 터!

"이런 엄청난 무가지보(無價之寶)를 제게 보여 주신 연유가 무엇입니까?"

공공대사는 의미 모를 자애로운 미소만 짓다가 달마진경을 제갈찬휘에게 건넸다.

"이제 이것은 무림맹의 소유네."

"예……?"

"그 달마진경을 어찌 쓸 것인지는 온전히 총군사의 몫이지."

더없이 황당하다는 제갈찬휘의 표정.

이어 공공대사의 말에 담긴 속뜻이 무엇인지 제갈찬휘의 두뇌가 기민하게 돌아가기 시작했다.

"설마 대사님께서는……!"

"허허, 벌써 생각이 거기까지 미쳤는가. 과연 총군사로다."

무림 최고의 무가지보.

물론 그런 달마진경은 조가대상회에 의해 혼란해진 강호의 판세를 일거에 뒤집을 만한 파괴력을 지니고 있었다.

하지만 과연 이를 천년소림이 묵과할 수 있단 말인가?

그렇게 긴장하는 기색이 역력한 제갈찬휘에게로 다시 공공대사의 담담한 음성이 이어졌다.

"총군사는 노납이 누구라고 생각하는가?"

공공대사가 나직이 불호를 외며 의미심장하게 미소 지었다.

"아미타불…… 노납은 공공(空空)이라네."

당대의 강호에서 저 말보다 더 무거운 존재감은 없을 것이다.

제갈찬휘는 그야말로 어안이 막혀 황망한 얼굴을 할 수밖에 없었다.

저 말인즉 천년소림의 반발과 무림의 혼란, 그 모든 외풍을 자신이 홀로 막겠다는 뜻이었다.

그런 엄정한 선언에 제갈찬휘는 크게 감동하여 곧바로 대례(大禮)를 올렸다.

"대사께서 보이신 결단과 배려를 후배는 결코 잊지 않을 것입니다."

"허허…… 아미타불."

공공대사의 만면에 퍼진 인자한 미소.

허나 제갈찬휘는 그의 침잠한 눈빛에 서린 한 줄기 어두운 기운을 끝내 보지 못했다.

콰콰콰콰쾅!

또다시 처참하게 천장이 박살 나는 굉음이 들려오자 서류
를 정리하던 홍예가 기겁을 하며 놀라고 있었다.

허나 그녀는 금세 그런 당황스런 기색을 지우고는 될 대로
되라는 심정으로 조휘를 쳐다보았다.

"하……."

조휘가 무서운 표정으로 홍예에게 다가가 그녀가 정리하
던 서류를 살펴보기 시작했다.

"어쭈? 그새 또 돈 되는 정보는 싹 다 털어 갔네?"

흑왕부의 지하 공동에는 또 언제 잠입했는지, 그녀가 작성
하고 있는 서류에는 거의 설계도 수준으로 묘사된 지하 공동
의 도해(圖解)가 수많은 각주와 함께 빼곡히 채워져 있었다.

홍예는 그 혼란스런 와중에도 철저하게 직업의식을 발휘
해 천하에 가장 비밀스런 장소라 할 수 있는 지하 공동의 모
든 정보를 털어 간 것이다.

"와 씨! 이건 당신 한 명이 작성할 수 있는 수준이 아닌데?
설마 그 근처에 따로 대기하던 정보원들이 있었던 거야?"

"당연한 거 아닌가요? 이 홍예가 당신에게나 만만하지 대
체 야접의 주인을 뭐라고 생각하는 거죠?"

"아니 그런 건 사전에 얘기가 없었잖아?"

"하! 야접의 주인이란 자가 아무런 호위나 정보원 없이 운신하리라 생각하는 게 더 비정상 아닌가요? 악! 지금 뭐 하는 짓이에요!"

자신과 정보원들이 사흘 밤낮으로 심혈을 기울여 완성한 도해를 조휘가 찢으려고 하자 홍예가 거칠게 발작을 하고 있었다.

"주인의 허락도 없이 이런 비밀스러운 걸 훔치면 안 되지."

"아, 아니 흑왕부주도 가만히 있는데 그걸 왜 당신이 판단하는 거죠?"

피식 웃어 버리는 조휘.

"흑왕부주가 이걸 알면 야접은 이 세상에서 사라질걸?"

흑왕부주의 진정한 정체는 그 옛날 사도천하를 이룩했던 철사자맹의 초대 맹주 사을천이다.

야접이 아무리 날고 긴다 한들 그런 철사자와 그의 휘하들을 모두 상대하기란 실로 요원한 일이었다.

"묻는 말에 대답이나 잘해. 허튼짓하면 정말 찢어 버릴 테니까."

"아, 알겠어요!"

조휘가 그녀의 맞은편 의자에 몸을 기대며 의미심장한 눈빛을 빛냈다.

"이 정도로 살폈다면 도해의 뒷장들은 안 봐도 뻔하지. 지하 공동에 새겨진 글귀들도 모두 살폈겠네?"

"그, 그래요."

"그럼 그 공동을 남긴 이가 도조(道祖) 장삼봉이란 것도 알 겠군."

"네……."

"신좌(神座)의 존재도, 이 강호가 멸절하리라는 것도?"

"……."

그 질문에 홍예는 차마 대답하지 못했다.

분명 지하 공동의 벽면에서 입수한 정보이긴 했지만, 너무 나 엄청난 천외(天外)의 비밀인지라 쉽사리 받아들이기가 힘 들었기 때문이다.

"이제 어떻게 할 거지?"

"……그게 무슨 말이죠?"

또다시 피식 웃어 버리는 조휘.

"아니 모르고 있다면 몰라도 신좌의 존재와 세상의 멸절에 관한 정보를 알아 버린 이상 전과 똑같이 살 수는 없을 거 아 니야?"

"그, 그건!"

"세상이 멸망하는 마당에 그렇게 악착같이 정보를 얻고 돈 을 벌어 봐야 어디에 쓸 거냐고."

조휘의 그런 질문에 홍예는 더없이 황당하다는 표정을 하 고 있었다.

도대체 이 미친 수전노가 뭐라는 거야?

그러는 당신은 이 마당에 어디에 쓰려고 그 엄청난 규모의 돈을 갈퀴로 쓸어 담고 계실까?

날이 갈수록 확장되어 가는 조가대상회의 영향력은 이제 강남과 강북을 넘어 가히 중원 전체를 아우를 지경.

심지어 최근에 이르러서는 비단길도 장악했다고 들었다.

이제 조가대상회는 천화(天華)와 만금(萬金)이라는 천하제일상(天下第一商)들과 비교해도 결코 아래가 아닌 것이다.

"와, 사람이 눈빛만으로도 저렇게 무수한 욕을 쏟아 낼 수가 있구나."

"아, 아니 제 눈이 어쨌다고 그러시죠?"

"됐고. 조가대상회로 들어와."

"네? 갑자기 그건 또 무슨 소리예요?"

"어차피 한배를 탔잖아. 이 소검신의 품 밖에서 일을 꾸몄다간 신좌의 추종자들에게 먹잇감이 되기 십상이라고."

정보에 관한 한 야접은 개방과 더불어 천하제일을 다투는 이름이다.

그런 엄청난 정보 조직더러 한낱 상회의 예하 조직으로 들어오라는 말을 저리도 아무렇지도 않게 할 수 있단 말인가?

저 소검신이란 자의 근본 없는 자신감은 도대체 어디로부터……?

하지만 홍예는 검신과 무신, 우내삼협이 머릿속에서 떠오르자 결국 고개를 절레절레 내젓고 말았다.

후, 근본이 없지는 않구나.

"그렇게 지하상계의 일을 겪고도 아직 모르겠어? 신좌의 추종자들이 본격적으로 활동을 시작한다면 아마 이번에도 그들의 살생부 맨 첫 번째 줄 즈음에 야접이 적혀 있지 않을까? 회유하거나, 혹 불가능하다면 제거."

"지나친 억측이군요!"

"글쎄, 과연 이게 정말 억측일까?"

"하……."

내 것일 때는 한없는 위력을 발휘하지만 적의 손에 떨어지는 날에는 모든 실패의 원흉이 되는 법.

천하를 도모하는 입장에서 정보 조직이란 마치 그런 계륵과 같았다.

지금까지 강호의 역사 속에 존재해 온 정보 조직들의 최후가 그리 좋지 못했다는 것을 홍에 역시 누구보다 잘 알고 있었다.

그녀가 곱게 입술을 깨물며 조휘를 응시했다.

"후…… 제가 얻을 대가는요?"

"그거야 뭐 당연히 생존이 아니겠어?"

"아니 그건 너무하잖아요!"

야접과 같이 천하의 정보 조직을 헌납하는 대가로 단지 살려 주는 게 전부라고?

"무인이라기보다 상인을 자처하는 자가 어두워도 셈이 너무 어둡군요."

"뭐라는 거야?"

눈살을 찌푸리며 홍예를 응시하는 조휘의 두 눈은 오히려 더 황당하다는 기색이었다.

"생각을 좀 해 보라고. 멸절의 때가 다가오면 지하 공동의 입장권은 과연 얼마에 팔릴까?"

"네? 뭐, 뭐라고요?"

하룻밤 만에 만 가지 지략을 쏟아 낸다는 일야만략화접 홍예가 그런 조휘의 말에 담긴 속뜻을 알아차리지 못할 리 없었다.

저리도 스스럼없이 지하 공동의 입장권 운운한다는 것.

그것은 지하 공동의 운영권을 본인이 직접 행사할 수 있다는 뜻이었다.

"세, 세상에! 흑왕부! 그 전설의 흑왕부마저 조가대상회에 편입되었군요!"

"나를 지존으로 모시겠다는군."

"하?"

순간, 조휘의 눈빛이 심연처럼 가라앉는다.

"최후의 날. 야접은 육백사십팔만 육천이라는 숫자에 포함될 거다. 천하에 오직 이 소검신만이 해 줄 수 있는 약속이지."

만에 하나 지하 공동의 벽면에 묘사된 장삼봉의 예언들이 모두 사실이라면, 지하 공동의 일원이 된다는 것은 실로 값어치를 따질 수 없는 행운이었다.

신적인 존재들에 의해 산 채로 영혼을 뜯어 먹혀 환생과 윤회의 도정으로부터 완전히 끊겨 나가는 '존재의 말살'이라니!

그야말로 상상만으로도 모골이 송연해진다.

"하지만 그 예언이 진실이라는 보장이 없잖아요."

"맞아. 자신이 눈으로 본 것을 믿을 것인가 믿지 않을 것인가 그 판단은 본인이 직접 알아서 하는 거지. 인생은 본디 도박이 아니겠어?"

"음……."

결정은 쉽지 않았다.

사실 지하 공동을 직접 살펴본 홍예로서는 장삼봉의 예언에 감각적으로 신빙성을 느끼고 있었다.

그럼에도 그런 자신의 직관에는 객관성이 없었다.

불투명한 자신의 심증을 믿고 야접의 운명을 송두리째 맡겨야 한다는 것이 끝끝내 홍예를 혼란스럽게 만들고 있는 것이다.

"꼭 이 자리에서 결정을 매듭지어야 하나요?"

조휘가 천연덕스럽게 대꾸한다.

"어. 오늘부로 나는 조가대상회와 그 휘하들을 제외한 나머지 모든 천하(天下)를 부정한다."

남궁(南宮), 당가(唐家), 사마(司馬).

또한 흑왕부(黑王部)와 흑천련(黑天聯).

검신(劍神)과 무신(武神), 전 무황(前武皇)과 우내삼협(宇內三俠), 그리고 만박자(萬博子).

조가대상회라는 거성(巨城)에 모여 있는 기라성 같은 이름들.

실로 광오한 말이었으나 그런 소검신의 선언에는 말로 형용할 수 없는 파괴력이 있었다.

그런 조가대상회의 진면목을 누구보다 잘 알고 있는 홍예였기에 새삼 소검신의 위세가 달리 보이는 것이었다.

그녀의 인생 최대의 갈림길.

홍예는 그런 갈림길의 한가운데 오래도록 서 있다가 결국 조휘를 향해 발걸음을 옮길 수밖에 없었다.

"소검신의 뜻에 따르겠어요."

"오호라! 좋았어!"

조휘가 흡족하게 웃으며 자리에서 벌떡 일어났다.

"그럼 그대의 지존이 된 기념으로 첫 번째 명을 내려도 될까?"

일야만략화접은 이왕 결심한 일을 뒤늦게 후회하는 옹졸한 여인이 아니었다.

"하명(下命)을 내려 주세요."

조휘가 창밖의 북쪽을 응시하며 무겁게 입을 열었다.

"천하에 산재해 있는 야접의 모든 눈(目)들을 복귀시켜. 그리고 그 눈들을 모조리 무림맹에 배치한다."

그 말에 홍예는 흠칫 놀랐다.

야접의 모든 자원을 무림맹에 한정하여 투입시키라니?

"맹에 무슨 일이라도 터졌나요?"

그때, 홍예 집무실이 덜컥 열리며 짙은 야행의로 몸을 감싼 정보원 하나가 들어왔다.

"월비(月秘)?"

깜짝 놀라는 홍예.

그가 시비를 통해 자신의 허락도 구하지 않고 다짜고짜 집 무실에 들이닥치는 것은 처음 있는 일이었다.

"급보입니다!"

월비가 담당하고 있는 곳은 무림맹의 정주.

"어서 말해! 맹에 무슨 일이라도 벌어진 거야?"

월비의 진득한 두 눈이 조휘를 향하자 홍예가 서둘러 그의 우려를 불식시켰다.

"그는 이제 외인이 아니야! 어서!"

그제야 안심한 듯 한 차례 호흡을 가다듬더니 조심스레 입을 여는 월비.

"맹이 전 맹도들에게 달마진경(達磨眞經)을 공개했습니다."

-뭐, 뭣이! 다, 달마진경이라고?

영계 속에 울려 퍼지는 귀암자의 경악에 찬 비명 소리.

지금까지 어떤 일에도 쉽게 동요하지 않는 모습을 유지해 온 그였기에 조휘는 한껏 궁금해하는 기색이었다.

'왜 그렇게 놀라는 겁니까?'

조휘의 다급한 질문에도 귀암자는 쉽게 말을 잇지 못할 정도로 충격에 빠진 듯했다.

어쩔 수 없이 조휘는 그가 마음을 가라앉힐 때까지 조용히 기다릴 수밖에 없었다.

이어 들려온 것은 천우자의 음성이었다.

-그 전설의 달마진경이 진실로 존재했단 말입니까? 사부님?

-미, 믿을 수가 없다! 한 번만이라도 그의 진경(眞經)을 보고 싶어 했던 것은 우리 육존신들 모두가 평생토록 소망했던 바람이었다! 허나 그는 그토록 총애하던 원도 사형에게조차 달마진경을 허락지 않았다!

-허!

'그 달마진경이란 것의 정체가 뭡니까?'

조휘가 참지 못하고 중간에 끼어들자 귀암자는 더욱 침중한 기색의 영음(靈音)을 이어 갔다.

-모른다. 누구도 직접 확인한 자가 없으니…… 다만 그의 근원(根源)이 담겨 있을 것이라 추측만 할 뿐이다.

'근원이라면?'

-그의 무학적 체계와 사상은 물론 신좌에 이르는 비술, 인간의 영역 밖에 있는 세상을 관찰하고 남긴 묘사 등…… 그가 경험한 모든 총아(寵兒)가 담겨 있을 거라고 막연한 추측만 해 볼 뿐이다.

그토록 좌에 오르길 갈망했던 육존신이 평생 한 번 보기를 소원해 마지않던 신좌의 비급!

무림맹은 그런 엄청난 보물을 지금 전 무림맹도에게 공개하겠다고 천명한 것이다.

만약 그것이 진실이라면 앞으로 강호가 얼마나 혼란으로 치달을지 도저히 예상할 수 없을 정도로 무림 역사상 전무후

무한 대사건이라 할 수 있었다.

'에이, 총애하던 제자에게조차 보여 주지 않은 자신의 진경을 과연 그렇게 터무니없게 공개하겠습니까? 헛소문이겠죠.'

조휘의 시선이 어둠 속에서 시립하고 있던 월비에게 향했다.

"사실 관계는 정확히 파악한 겁니까? 괜히 시선 한번 끌어 보려는 헛소문일 수도 있는데?"

월비가 한 치의 망설임도 없이 무심하게 말했다.

"본인은 야접의 월비(月秘)요."

그 말을 끝으로 꾹 하고 입을 닫아 버리는 월비.

이내 홍예의 얼굴에 자부심이 서렸다.

"그만하세요. 다른 요원이면 몰라도 월비의 정보에 신빙성을 캐묻는 것은 어리석은 짓이에요."

"아니 그게 말이나 돼?"

그 정보가 사실이라고?

조휘는 어처구니가 없었다.

달마진경?

들어 보기는 했다.

천우자가 자신에게 제발 찾아 달라고 부탁한 구천현녀경(九天玄女經)만큼이나 터무니없는 불가의 보물.

구천현녀경이 모든 도사들이 꿈에서 바라 마지않는 도경이라면 달마진경은 모든 승려들의 꿈이었다.

한 번만이라도 볼 수 있다면 그 즉시 관자재보살(觀自在菩

薩)의 품으로 성불할 수 있다는 전설의 불경.

어쩌면 좌에 이를 수 있는 비법이 담겨 있을지도 모르는 그 신비로운 보물을 모든 무림맹도에게 공개한다고?

한데 그때 조휘의 얼굴이 싯누렇게 변했다.

"자, 잠깐만! 그것이 새롭게 입맹하는 맹도들에게도 적용되는 건가?"

"물론이오. 지금도 입맹하기 위해 천하 각지의 무사들이 정주로 모이고 있다는 소식을 들었소이다."

강호인들에게 달마진경은 좀 더 위치가 다르다.

그 위대한 천년 소림의 칠십이종절예(七十二種絶藝)가 신비의 달마진경으로부터 파생되었다고 모두가 굳게 믿고 있었기 때문이다.

명성의 절대치만 따진다면 달마진경은 삼신(三神)의 유산에 비해서도 결코 모자라지 않았다.

"아니 땡중들이 미쳤나? 그걸 가만히 지켜보고 있을 리가 없는데?"

수련 장면을 몰래 훔쳐보는 것도 죄악시하는 것이 강호의 풍토다.

그만큼 자신들의 무공이 외부로 전해지는 것을 극도로 꺼리는 것이다.

하물며 보리달마의 비술을 만천하에 공개하는 일인데 이를 소림이 결코 두고만 볼 리가 없는 것이다.

"달마진경은 공공대사의 소유였소. 천하인들을 위해 대자대비한 불존의 가르침을 넉넉히 베푸는 것은 실로 공의로운 일이라며 모든 외풍을 무마하고 나선 이도 바로 그요."

"공공대사?"

언젠가부터 조휘의 귀에 자주 들려오는 그 이름.

잠깐만?

그런데 그가 달마진경을 직접 소유하고 있었다고?

-놈은 신좌의 추종자다! 어쩌면 화신(化身)일지도 모르니 그를 상대하는 일에 각별히 조심하라!

그런 천우자의 외침에 조휘의 눈빛이 더없이 침잠하게 가라앉았다.

지금까지 조휘에게 신좌(神座)란 닿을 수 없는 어떤 미지의 존재였다.

허나 드디어! 마침내!

놈이 구체적인 실력을 드러내고 나섰다.

저 불쌍한 늙은이들을 영계에 가둔 것으로도 모자라 현세에 존재하는 모든 인간의 영혼을 말살하려는 자.

그렇게 조휘의 일변한 기도는 바로 맞은편에 서 있던 월비를 단숨에 질리게 만들었다.

"크으……!"

피가 나도록 입술을 깨물며 황급히 뒤로 물러나는 월비에게로 조휘의 무심한 음성이 다시 이어졌다.

"그렇다면 소림사의 땡중들은 달마진경이 존재하는지조차 모르고 있었을 공산이 크군. 마른하늘에 날벼락을 맞은 기분이겠어."

홍예도 저만치 물러난 채로 고개를 끄덕였다.

"게다가 공공이잖아요. 소림 최고 배분의 원로가 불존의 뜻이라며 대자대비를 천명해 버렸는데 누가 감히 나서서 그의 뜻에 반하는 주장을 펼칠 수 있겠어요? 그나저나 빨리 의념 안 푸세요? 절대경 아닌 사람은 어디 서러워서 살 수나 있겠나."

"아, 미안."

조휘가 황급히 확장된 의념을 거두더니 곧바로 철검을 허공에 띄웠다.

그가 갑자기 어검비행으로 떠나려 하자 홍예의 마음이 다급해졌다.

"갑자기 어디 가려고요?"

"땡중들을 만나 보러 가야지."

"음 그래요…… 네? 뭐라고요?"

황당함으로 물든 홍예의 얼굴.

조가대상회는 노골적으로 무림맹을 적대시했다. 그에게 소림이란 용담호혈이나 마찬가지인 것이다.

피식 웃는 조휘.

"아 뭐. 은밀히 소림을 지키는 땡중들을 좀 만나 보고 싶어서."

"혹 달마하원을 말하는 건가요?"

그런 홍예의 질문에 조휘가 두 눈을 동그랗게 떴다.

"와, 달마하원까지 알고 있다고?"

"하……."

도대체 천하제일 정보 조직이라는 야접을 뭐라고 생각하는 건지.

한심한 표정으로 조휘를 쳐다보던 홍예가 별안간 안색을 굳혔다.

"호? 과연 그렇군요! 달마하원은 소림에 감당하기 힘든 혼란과 위난이 생긴다면 반드시 막아 내는 자들이죠! 이번 일은 그들이 밀승(密僧)들을 움직일 만한 명분으로 충분하겠네요!"

이내 희미한 미소를 머금으며 고개를 끄덕이는 조휘.

"소림은 미친 중늙은이 하나가 어찌 해볼 수 있는 곳이 아니야. 소림이 괜히 천년 소림으로 불리겠어?"

"맞아요!"

소림의 유구한 역사 속에서 가장 위대한 보물이라 할 수 있는 달마진경이 외부로 유출된 상황이다.

어둠 속에서 소림을 수호하는 달마하원(達磨下院)의 밀승들이 이 급박한 상황을 두고만 볼 리가 없는 것이다.

하지만 홍예는 금방 의문을 드러낼 수밖에 없었다.

"하지만 달마하원의 밀승들은 너무도 은밀해서 그 정체를 아는 자가 드물어요. 심지어 소림방장조차도 평생 그들의 존재를 모르고 살아간다는데."

"야접은 어때?"

그 말에 자존심이 상했는지 꾹 하고 입을 닫아 버리는 홍예.

"천하제일 정보 조직은 개뿔. 오늘부터 천하제이 해라."

"그럼 당신은 알고 있단 말이에요?"

조휘가 피식 웃으며 철검에 올라탔다.

"그러니 천하제이(天下第二)겠지."

"누군가요? 누가 달마하원의 밀승이죠?"

"또 또! 직업병 나온다!"

"아 제발!"

하지만 이미 조휘는 저만치 멀어져 새까만 점으로 화하고 말았다.

"악마 같은 놈! 천하에 날강도 같은 새끼! 꺄아아아악!"

홍예의 악다문 잇새에서 연신 거친 상욕이 흘러나오자 월비가 벽에 달라붙은 채로 슬금슬금 물러나고 있었다.

소림사의 승려들 중 가장 강호에 잘 알려진 자는 바로 지객당주였다.

소림에 드나드는 수많은 향화객과 빈객들, 더구나 속가(俗家)를 관리하는 위치였기에 활발하게 외부인들과 접촉해야만 했기 때문이다.

그렇게 강호인들에게 가장 친근한 소림승이라 할 수 있는 범승(梵乘)이, 역설적이게도 소림사의 가장 은밀한 직위라 할 수 있는 밀승을 겸직하고 있었다.

조휘는 소림의 산문 위 머나먼 상공에서 그런 지객당주 범승을 찾기 위해 시야를 넓히고 있었다.

하지만 언제나 푸근한 인상으로 향화객들을 맞이하던 그가 어디에도 보이지 않았다.

그의 곁을 수행하던 무승들도 눈에 띄지 않았고, 심지어 소림 산문의 중심에는 회(回)라는 글씨가 새겨진 편액만이 덩그러니 걸려 있을 뿐이었다.

돌아가라(回).

손님을 받지 않겠다는 뜻.

때 아닌 축객령에 수많은 향화객들이 산을 올랐다가 되돌아가는 꼴을 보아하니 저 축객패가 걸린 지는 오래되지 않았을 것이다.

눈에 띄기 싫어서 허공에 부유했으나, 어쩔 수 없이 조휘는 지상에 착지해 산문을 살필 수밖에 없었다.

소림은 단지 겉으로만 고요하게 느껴질 뿐 용호(龍虎)와 같은 천하의 무승들이 즐비한 곳.

당연히 조휘 정도의 고수가 산문에 당도했다면 누가 나와도 벌써 나와 경계함이 옳을 것이다.

하지만 기이하게도 아무런 반응이 없자 조휘의 안색이 어둡게 굳어질 수밖에 없었다.

뭔가 이상함을 느낀 조휘가 의념을 너르게 펼쳐 소림 전체에 드리우기 시작한 순간.

조휘가 소스라치게 놀라 북쪽 능선을 바라본다.

그곳에, 거대한 무언가가 소름 돋는 존재감을 숭산 전체에 드리우며 똬리를 틀고 있었다.

미증유의 거대한 존재감.

하나 너무나도 이질적인의 기운.

그것은 의념으로 떨친 기세도, 법력을 발휘해 구현한 힘도 아니었다.

지금까지 자신이 단 한 번도 겪어 보지 못한 미지의 존재감.

그 두려운 기세를 알아보는 이는 오직 영계의 귀암자뿐이었다.

······그, 그다!

저 귀암자가 저토록 두려워하며 뱃속으로부터 토해 낸 '그'라면 오직 하나뿐.

"신좌(神座)?"

-트, 틀림없다! 한데 어떻게?

좌들의 세상과 인간의 세상은 우주의 법칙으로 가로막혀 서로 완벽히 분리되어 있었다.

그런 우주적 법칙을 파괴하며 강림했다면 반드시 천지를 뒤흔드는 이변이 동반되었을 터.

하지만 지금까지 그 어떤 이상 현상도 강호에 나타나지 않았다.

당연히 조휘는 의문을 표할 수밖에 없었다.

"화신(化身)이 아닙니까?"

-대저 화신이 이만한 신력을 발휘할 수 있겠는가?

신력(神力)!

그 기이하고 신비한 기운의 정체가 정녕 신이 발휘하는 힘이었단 말인가?

한데 왜 하필 소림에?

더 이상 생각할 겨를이 없었던 조휘가 곧바로 철검에 몸을 싣더니 신력의 근원지를 향해 빛살처럼 일직선으로 날아갔다.

얼마 후.

참혹하고도 역겨운 인세의 지옥이 조휘의 눈앞에 적나라하게 드러났다.

"범승대사……?"

저 멀리 피투성이가 된 채로 커다란 화폭을 펼쳐 들고 있는 황색 가사의 승려는 틀림없는 범승!

그의 주위로 시커먼 묵주를 손에 든 채로 연신 불호를 외고 있는 열일곱 명의 승려들이 악착같이 호법을 서고 있었다.

살아남은 이들은 오직 그들뿐이었다.

시산혈해(屍山血海).

달마하원의 밀승들로 추정되는 무수한 승려들이 형체도

알아보지 못할 정도로 말 그대로 짓이겨져 있었다.

그런 처참한 현장을 만든 것은 거대한 손바닥 모양의 장(掌) 자국.

단 일장(一掌)이, 천년 소림을 지켜온 달마하원의 밀승들을 피떡으로 만들어 버린 것이다.

-위다!

검신 어른의 목소리를 들은 조휘가 여느 때보다 무심한 시선으로 자신보다도 상공에 떠 있는 어떤 존재를 응시하고 있었다.

순간 조휘의 입매가 기이하게 비틀린다.

"공공(空空)?"

하지만 그는 겉모습만 공공대사일 뿐 전혀 다른 차원의 존재였다.

무림맹에 잠입해 활동하고 있던 신좌의 추종자 은봉령주.

영계의 차원 결계를 찢어발기며 나타난 일노이동(一老二童), 즉 금천종과 소동들.

휘영존신과 통천존신, 그리고 자신의 영계로 들어오기 전의 귀암존신.

이것이 바로 지금까지 조휘가 경험한 신좌를 추종하는 자들의 면면이었다.

물론 그들 역시 인세를 초월한 힘을 지니고 있던 것은 마찬가지였다.

허나 지금 조휘가 바라보고 있는 저 공공대사에 비한다면 뭐랄까…….

달빛 앞의 반딧불 같은 느낌?

저 측량할 수 없는 광대무변한 기운은, 심지어 신좌의 의지가 직접 현신해 그 오롯한 신력이 여실히 드러나 있던 통천존신에게조차 느껴 보지 못한 종류였다.

'화신 따위도 아니란 말인가?'

화신(化身).

타인의 영혼에 직접 의지를 개입해 굴종하게 만들고 또 조종하는 경지.

허나, 좌(座)의 신력이란 인간의 영혼과 육체로 감당하기에는 너무나도 아득하고 거대한 힘이었다.

그러므로 좌에 이른 존재의 오롯한 신력을 화신을 통해 모두 드러내기에는 한계가 있기 마련.

그런 신좌의 화신을 한 차례 경험해 본 조휘였기에, 저 공공대사가 한낱 화신 따위는 아닐 거라고 단정하고 있는 것이었다.

하나 확실한 것은 신좌 그 자체는 아니다.

단 한 번도 신좌의 진실된 실체를 마주한 적이 없으면서도 그렇게 자신이 확신할 수 있는 근거는 바로…….

"하하!"

신의 힘은 절대성(絕對性)을 지니고 있어야 한다.

한데, 저 공공대사가 막연한 벽처럼 느껴지지 않는다.

오히려 두려움은커녕 이토록 희열에 몸이 떨리고 있었다.

마치 자신의 온몸을 구속하고 있던 육중한 강철 사슬을 모조리 끊어 낸 느낌.

삼천 년이라는 무량한 시간 동안 닦아 온 자신의 의념공!

그것은, 어쩌면 이미 자연경을 능가해 버렸을지도 모르는 자신의 막대한 힘을 아무런 망설임 없이 투사할 수 있는 상대를 만났다는 시원함에 기인한 감정이었다.

그렇게 기꺼운 마음으로 조휘가 철검을 치켜세우자, 그의 주위로 어마어마한 의념의 힘이 급속도로 한 점으로 압축되었다.

파앙-

무척 간결하며 가벼운 소음.

하지만 그 힘을 맞이하는 공공대사에게만큼은 결코 약한 힘이 아니었다.

그는 자신의 시야로 천천히 확장되어 오는 하나의 점을 바라보며 두 눈에 한껏 동요를 드러냈다.

이윽고 고요한 일수(一手)가 뻗어 간다.

그렇게 공공대사가 손속을 펼쳐 내자 금빛 불광이 상상도 할 수 없는 거력으로 화해 조휘의 점(點)을 맞상대했다.

쏴아아아아아-

시원한 바람과 함께 뻗어 나간 불장(佛掌)이 결국 조휘의 점과 부딪쳤고.

순간, 엄청난 충격음이 진동했다.

꽈꽈꽈꽈꽈꽈꽈─

머나먼 지상에서 이를 바라보던 지객당주 범승대사의 두 눈이 찢어져라 부릅떠졌다.

그를 호위하고 있던 달마하원의 밀승들도 일제히 창백하게 얼굴을 굳혔다.

감히 인간이 감당할 수 있는 힘이 아니라는 것을 본능적으로 깨달은 그들은 황급히 서로 등을 맞대고 격체전공의 수법으로 방어진을 펼쳤다.

순간, 공간이 으깨지는 듯한 충격파는 더욱 거세졌고 그로 인해 엄청난 와류(渦流)가 일어나 사방으로 비산했다. 거대한 압력이 순식간에 천지를 휘감아버린 것이다.

꾸르르르르릉!

"크아아아악!"

"크허어억!"

78 章.

밀승들은 개개인 모두가 천년 소림을 지켜 온 달마하원의 무공, 즉 제석천의 비공을 익히고 있는 아득한 경지의 고수들이었다.

그들이 익히고 있는 절대방어진 제석밀밀방호세(帝釋密密防護勢).

자연재해급 위력의 공격도 막아 낼 수 있다는 그런 제석밀밀방호세가 단 일격에 처참하게 박살 나며 진의 핵(核)이 부서져 버린 것이다.

밀승들의 상세는 처참하기 짝이 없었다.

마치 무언가에 으깨진 듯 온몸이 기형적으로 골절된 채 쓰러져 있는 밀승들.

이건 결코 인간의 힘이 아니었다.

그야말로 신(神)적인 존재들의 대결!

온몸을 벌벌 떨며 허공을 응시하고 있는 그들의 얼굴은 하나같이 극도의 공포로 물들어 있었다.

"……."

능공허도로 허공에 몸을 운신하며 무심히 공공대사를 올려다보던 조휘가 딱딱하게 안색을 굳히고 있었다.

무슨 불심을 닦는 중이란 자가 흡자결(吸字決)로 자신의 공격을 상쇄하기보다 오히려 맞상대하여 파괴력을 더해 버렸다.

뻔히 재앙과도 같은 충격파가 사방으로 비산하여 무수한 인명을 살상할 수 있음을 알 터인데도 말이다.

그 하나만으로도 조휘는 저 공공대사의 본질이 중(僧)이 아님을, 그가 우리 인간들을 얼마나 하찮게 여기고 있는지를 곧바로 깨달을 수 있었다.

……의제(義弟)?

웬만한 일에는 동요조차 하지 않는 마신이 극도로 놀라며 말을 더듬고 있었다.

저 마신이 자신의 의제라고 밝힌 존재는 단 한 명뿐이었다.

'……마불(魔佛)?'

혜가 이후 가장 존귀하고 위대한 소림의 무승(武僧)이었으나 연원 모를 이유로 승적이 파기된 자.

저 공공대사가 그런 소림 최초의 파계승 마불이라고?

-방금의 한 수에 서려 있던 기운은 틀림없는 의제의 금마불광(金魔佛光)이다! 저토록 광대무변한 금마불광은 그가 살아 돌아오지 않는 이상 결코 이 세상에 존재할 수 없는 것이다!

내내 침묵하고 있던 귀암자가 또 다른 의견을 보태고 나섰다.

-그가 마불인지 뭔지는 모르겠다만…… 내가 아는 한 저 존재는 금천(金天)이다. 우리 여섯 중 가장 비밀스럽고 신비로우며 조심스러운 자였지. 하나 이율배반적이게도 그는 가장 거대한 세력을 이끄는 자이기도 했다.

저 귀암자가 우리 여섯이라 말했다면 그것은 육존신이었다.

허면 저 공공대사의 진정한 정체는 금천존신(金天尊神).

허나 조휘는 도무지 이해가 되지 않았다.

'가장 거대한 세력이라고요? 통천존신이 있는데도?'

비록 지하에서 은밀하게 활동하는 종교 집단이라고 하나 통천교의 규모는 어마어마하다.

그런 통천존신보다 더 거대한 조직을 이끄는 자라면 이 강호에 흔적을 남기지 않았을 리 만무하다.

하지만 저리도 금광으로 번쩍거리는 무공을 쓰는 세력은 강호의 역사에 전무…….

그때 조휘의 눈빛이 지극히 당혹스럽게 변했다.

'잠깐? 아니 설마?'

금빛으로 번쩍거리는 무공이 없긴 왜 없나.

소림의 신공이란 모두 금광(金光)으로 번쩍거리지 않는가?

'에이…… 아니겠죠?'

하지만 조휘의 그런 예상은 불행히도 적중했다.

-왜 아니겠는가. 금천(金天)은 중원의 선종(禪宗)을 암중
으로 지배해 온 진정한 주인.

이런 미친!

소림 선종이 비록 달마의 음흉한 의도에 의해 출발했을지
는 몰라도, 그래도 그 후대만큼은 중생을 위해 불법의 가르침
을 실천하는 진정한 구도자들이라 생각해 왔다.

한데 정파의 기둥이라 할 수 있는 그 위대한 천년 소림조차
도 신좌의 추종자들이 관리하는 일개 하부 조직에 불과했단
말인가!

-금천일파는 오래도록 선종을 관리해 왔지. 그 때문인지
신좌는 오직 금천에게만큼은 스스로 종파를 여는 것을 허락
하였으니.

순간 조휘가 크게 놀랐다.

'그럼 일전에 만났던 금천종(金天宗)이라 불렸던 그놈이
바로?'

-저 금천의 수하일 것이다.

금천종!

본질을 꿰뚫어보는 자신의 기이한 능력에 의해 패퇴했을
뿐이지 그 역시 가공할 능력을 지닌 천외의 존재였다.

그런 엄청난 존재조차도 저 금천의 일개 수하에 불과하다니!

-허면 의제의 그 모든 것이…….

마신이 치를 떨고 있었다.

마불이 금천존신과 동일인이라면, 자신과 의(義)를 나누었던 마불이라는 존재는 금천존신의 가공된 인격에 불과한 것이었다.

평생토록 마음을 나눈 의제가 그런 가면에 불과한 이라면 누구라도 배신감에 치를 떨 수밖에 없으리라.

-네 몸을! 몸을 내어 다오!

조휘는 마신이 얼마나 분노하고 있는지 그의 들끓는 영력을 통해 고스란히 느끼고 있었다.

-본 좌가 놈의 가면에 놀아난 것이 확실하다면 내 친히 저 놈을 찢어발길 것이다!

"아 싫어요."

사실 조휘는 단순히 자신의 몸에 강신(降神)하는 것이 싫다기보다, 마신의 능력으로 저 금천을 상대할 수 없다는 판단이 들었기 때문이다.

그의 천마삼검이 비록 공전절후의 위대한 검공이라 하나, 좌의 신력(神力)에 근접해 있는 금천의 힘은 인간의 경지로는 대적이 불가능했다.

조휘의 신형이 허공을 부유하며 금천에게로 나아갔다.

"공공…… 아니 금천 양반."

금천존신의 얼굴이 조휘의 천하공공도를 맞이했을 때보다
도 더욱 동요하고 있었다.

"아미타불…… 허허……."

조휘가 어처구니가 없다는 투로 되물었다.

"와…… 천년 소림을 지켜 온 하원의 밀승들을 저렇게 피떡
으로 짓이겨 놓고도 그 와중에 계속 중 흉내를 내고 싶은 거야?"

금천존신이 빙그레 웃었다.

"가공된 인격이라고 해도 그 역시 인격이네. 오래도록 나
조차도 속여 온 가면일진대 어디 쉬이 벗어지겠는가."

"허! 돌직구 보소. 지나치게 솔직한 거 아니야? 너무 쉽게
인정하는데?"

"비밀이 가치를 지닐 때는 오직 드러나지 않았을 때뿐이
지. 그래 어디 보자."

자신을 바라보고 있는 금천존신의 두 눈에 금빛이 일렁이자,
조휘는 마치 자신의 본질이 일거에 꿰뚫리는 기분이 들었다.

물론 그것은 단지 기분만이 아니었다.

"그대가 지닌 영옥(靈玉)의 존재는 익히 들어 알고 있었네.
역시 그것이 그대의 본질을 여는 열쇠였군. 오호라?"

조휘의 영계에 직접 침입했던 금천종의 보고를 들었다면 금
천존신이 혈옥의 존재를 아는 것은 그리 이상한 것이 아니었다.

문제는 그다음이었다.

"호오, 이건 정말 의외로군. 허허, 우리 여섯 중 하나가 그

곳에 속해 있다니. 게다가 이건 또 누군가?"

금천존신이 이내 푸근한 웃음을 그려 낸다.

"이 몸이 존경해 마지않았던 독고 형(獨孤兄)도 함께 그곳
에 있구나."

그 순간.

마신의 영력이 순식간에 불어나 영계를 폭풍처럼 휘감았다.

-개 같은 새끼! 내 당장!

필사적으로 자신의 몸을 차지하려는 마신의 의지를 조휘
가 강대한 영력을 일으켜 가볍게 무마시켰다.

그러자 울부짖는 듯한 마신의 분노가 또다시 영계를 휘감
았다.

*-당장 내놓아라! 반드시 저놈을 내 손으로 소멸시켜 버릴
것이다! 끄아아아아!*

신안통을 통해 그런 마신의 영언을 들은 듯 금천존신의 미
소가 더욱 진해졌다.

"허허…… 그 폭급한 성정은 육신을 잃고도 여전하시구려,
독고 형."

마신의 분노는 이내 허탈함으로 이어졌다.

의제를, 고작 저 가증스러운 가면의 안위를 살피기 위해 그
토록 자신의 인생을 허비했었단 말인가!

그를 위해 정마대전을 포기했다.

그를 위해 마교를 버리고 달빛 아래 몸을 숨겨 월하림주로

불리게 되었다.

그를 찾기 위해 평생 헤매인 결과 마침내 그가 남긴 여래불상을 얻었다.

허나 소림에 그친 그의 종적은 어디에서도 발견할 수 없었다.

그런 공허한 허상과도 같은 자신의 의제를, 소림의 불마동에서 평생토록 기다렸었다.

인생의 마지막까지 자신을 괴롭혀 온 그런 처절한 비원(悲願)이, 고작 오늘의 결과를 초래하기 위한 고통에 불과했단말인가!

용서를, 아니 도저히 용납할 수가 없었다.

-휘아야! 제발 그 몸을 내게 달라! 본 좌는…… 나는……!

그것은 마신(魔神)의 흐느낌.

인생을 송두리째 부정당한 사내의 절망이었다.

마신의 그런 절망스런 심정을 연결된 심령으로 고스란히 전달받을 수밖에 없는 조휘로서도 마음이 편할 리가 없었다.

마신이 잠시 떠올린 짧은 기억이 물론 그의 인생 전부는 아닐 것이다.

하지만 적어도 그의 인생에서 마불의 비중이 얼마나 지대했는지는 곧바로 인지할 수 있었다.

"진짜 역대급 쓰레기 새끼구만."

사람을 가지고 놀아도 유분수지 이건 뭐 거의 농락한 수준이 아닌가?

"아미타불, 굳이 독고 형의 집착을 의도하려던 것은 아니었네. 다만 인간의 삶이 그러하듯 예측하지 못했을 뿐."

그는 단지 필요에 의해 마불이라는 가공의 가면을 만들어 냈고, 결국 쓸모가 다하자 가면을 없앤 것뿐이었다.

지금 이 순간에도 저 '공공대사'라는 가면을 벗어 던지고 있듯이 말이다.

그는 본디부터 금천(金天)이라는 이름으로만 오롯했으며 신좌를 따르는 여섯 제자일 뿐이었다.

조휘의 두 눈에 금세 지독한 살심이 어렸다.

"하나만 묻자."

"아미타불…… 말하시게."

"땡중 흉내는 그만 내고 이 새끼야."

"말했다시피 아무리 가면이라 하나 인격(人格)은 그리 갑작스럽게 거둬지는 것이 아니네."

"어휴, 신의 제자란 놈이 메소드 연기나 자랑하고 있다니. 중원 세상도 말세다 말세야."

그렇게 조휘가 연신 조롱을 쏟아 냈지만 금천존신은 그저 담담한 표정으로 일관할 뿐이었다.

"공공대사라는 가면에도 엄청난 열과 성의를 쏟았을 거잖아? 아무리 생각해 봐도 강호에서 공공대사의 위상이 있는데 그리 쉽게 버릴 수 있는 가면은 아니란 말이지."

"부정하지 않겠네."

의외로 혼쾌히 고개를 끄덕이며 쉽게 인정하는 금천존신.

"그렇지? 그래서 이상하다는 거야. 아직 엄청나게 쓸모가 많은 가면을 버려 가면서까지 달마진경을 세상에 뿌린 이유가 도대체 무엇일까? 뻔히 소림의 엄청난 반발이 예상되는 일이잖아? 게다가 그 진위 여부도 강호가 끝장나는 날까지 논란이 될 테고 말이야. 강호에 영민한 자들만 있는 건 아니거든."

달마의 깨달음이 담긴 경서(經書)라 함은 틀림없이 엄청난 난해함을 수반할 것이다.

높은 경지의 깨달음일수록 문자로 전하는 것에는 한계가 있기 마련이었다.

깨달음의 파편들을 순간순간 기록하려다 보니 모든 문장이 추상적이고 현학적일 수밖에 없을 터.

그런 추상적인 문자의 나열 속에서 깨달음을 얻어 진리에 이르는 자들은 극소수에 불과할 것이었다.

한낱 이론서 따위로 경지에 이르는 것이 가능하다면 이 강호는 절대경으로 가득해야 정상.

유명한 정치가가 전 국민을 대상으로 법전(法典)을 마구 뿌려 댄다고 해서 모든 국민이 판검사가 될 수 없다는 것을 조휘가 모를 리 없는 것이다.

"그도 그럴 테지."

"뭐야? 그것도 인정한다고?"

아니 도대체 왜 이렇게 인정이 빠르고 성격이 유한 거지?

금천존신은 지금까지 자신이 겪어 온 나머지 육존신들과는 궤를 달리하는 온순한 성격을 지니고 있었다.

저 모습이 본래의 인격인지 꾸민 인격인지는, 지금의 상황에서 그리 중요한 것은 아니었다.

"아무리 생각해도 너무 비효율적이잖아? 얻는 것에 비해 잃을 것이 훨씬 많은데 왜 그런 짓을?"

금천존신의 인자한 얼굴이 일순 무심해진다.

"모든 것은 그대 때문이지 않은가."

"나 때문이라고?"

이해할 수 없다는 듯한 표정의 조휘.

"아미타불, 이제는 내가 물어보지."

"뭐? 말해."

이어진 금천존신의 음성에 조휘의 가슴이 서늘해진다.

"미래, 혹은 과거에서 왔는가?"

"무, 무슨 소리냐 갑자기."

금천존신이 자신의 턱을 매만지며 이내 상념에 빠져든다.

"그대는 고금의 역사에 가장 뛰어나고 강력한 보패(寶貝)를 지닌 자. 중원 역사에 전설로 남은 영웅들의 모든 지혜를 활용할 수 있다는 것은 가히 신력에 비할 수 있겠지."

"……."

"그럼에도 도저히 설명할 수 없는 점이 하나 있네."

순간, 금천존신의 두 눈이 강렬한 빛을 발했다.

"자금을 불리는 방법론, 집단을 장악하는 방식, 인재를 조달하고 활용하는 수법, 적을 상대하는 심계, 갈등을 조장하고 해결하는 수완 등…… 그대에게는 지금까지 중원을 지배해 온 그 어떤 주류(主流)들에게도 발견하지 못한 어떤 '무엇'이 존재한다. 그대의 행동 양식 전반을 관통하는 사상은 분명 '이 세상의 것'이 아닐 터. 내 말이 틀렸는가?"

단지 몇 마디만 들었을 뿐인데도 조휘는 상대가 엄청난 지략의 소유자라는 것을 곧바로 느낄 수 있었다.

하지만 너무 잘 맞히면 거짓을 말하고 싶은 것이 사람의 심리.

"억측과 궤변이 너무 심해 굳이 반박할 가치도 없겠는걸?"

"허허, 억측과 궤변이라……."

금천존신의 얼굴에 또다시 희미한 미소가 서렸다.

이어 그가 황색 가사를 걷고 품에서 꺼낸 것은 하나의 장부.

조휘는 그런 장부를 보자마자 거칠게 미간을 구기고 있었다. 장부의 겉장에 조가대상회의 인장이 선명하게 찍혀 있었기 때문이다.

"어떤 새끼가……."

뿌득.

거래되는 모든 물품의 가액과 출납을 기장하는 장부(帳簿)는 상단의 모든 것이라 할 수 있었다.

그런 상단의 속곳이라 할 수 있는 장부가 외부인의 손에 노출되어 있으니 금세 꼭지가 돌아 버린 것이다.

"이 별난 문자들."

금천존신이 조가대상회의 장부를 펼쳐 보이며 아라비아 숫자들을 손가락으로 가리키고 있었다.

"이 문자 체계가 과연 중원의 것인가?"

상회의 산법수들에게 아라비아 숫자를 가르친 것이 이리 도 후환이 될 줄이야!

"그, 그건 중원의 산법이 어지럽고 불편하여 이 몸이 손수 만든 새로운 산법 체계다!"

"허허허! 허허허허!"

그런 조휘의 대답에 배꼽을 잡고 웃기 시작하는 금천존신.

그렇게 금천존신은 한참 동안이나 박장대소하더니, 갑자 기 황색 가사를 벗어 던지며 속저고리마저 풀고는 자신의 상 체를 드러냈다.

이내 표표히 뒤돌아서서 자신의 등을 조휘에게 내보이는 금천존신.

그의 등을 본 순간 조휘의 안색이 극도로 딱딱하게 굳어졌다.

"우리 여섯은 제자이면서 동시에 그의 실험체다. 이 금천의 몸에는 그의 네 번째 실험체라는 증거가 확실하게 새겨져 있지."

인두 따위로 지져진 듯한, 그의 어깨 부근에 새겨져 있는 선명한 글귀.

다시 묵묵히 황색 가사를 여미던 금천존신이 희미한, 하지만 명백한 조소가 담긴 미소를 드러냈다.

"이 미천한 종복의 오롯한 주인이시여. 인간의 굴레를 벗어던지시고 머나먼 우주천공의 좌(座)가 되신 사부님을 몰라뵙고 이리도 무례를 저질렀나이다."

금천존신의 그런 행동은 조휘가 이 문자를 발명한 것이 사실이라면 당신이 달마이며 신좌일 것이라는 조롱이었다.

"……."

자신의 모든 비밀이 드러난 것이나 마찬가지였기에 조휘는 피가 나도록 입술을 깨물 수밖에 없었다.

그러나 부정적인 면만이 있는 것은 아니었다.

달마와 신좌가 동일인이라는 추측이 더 이상 추측이 아니라 사실로 드러난 결과이기 때문.

심지어 금천존신의 어깨에 새겨져 있던 필체는 검총과 천마삼검의 석판을 남긴 신좌의 그것과 동일했다.

달마가 신좌라는 것이 비로소 명확해진 것이다.

그는 이 중원무림에 떨어진 또 다른 현대인.

그것이 지금으로써 알 수 있는 신좌의 정체에 관한 전부였다.

도대체 현대인이 무슨 수로 스스로 달마가 될 수 있었지?

그것도 아니라면 달마가 현대인의 삶을 잠깐 유희하다 온 것일 수도?

잠깐만? 그럼 마치 자신에게 남긴 듯한 '신좌로 오라'는 메시지는 또 무슨 개소리일까?

의문에 의문이 꼬리를 물어 정신이 혼미해질 것만 와중이거늘, 또다시 귓가로 금천존신의 음성이 파고들고 있었다.

"허허, 농담…… 농담일세. 그리 얼굴을 구기지 마시게나. 하지만 말이네. 시간을 다루는 것은 오직 좌(座)들의 능력으로만 가능한 일. 이렇게 멀쩡히 인간의 육신으로 존재하는 그대가 설마 좌일 리는 없으니 직접 시공을 타고 오진 않았겠지. 허면 남은 것은……."

"환생(還生)."

"호……? 역시 그랬단 말인가?"

의외로 조휘가 순순히 인정하고 나섰지만 금천존신의 생각은 더욱 복잡해질 수밖에 없었다.

"하나 그것도 말이 안 되네. 물론 인간인 이상 모두 윤회(輪回)의 권리를 갖게 되지. 하지만 그런 환생의 도정에서 반드시 겪게 되는 것이 '기망(記忘)의 율(律)' 즉 기억의 소멸이네. 그 어떤 인간도 좌에 이르러 격이 달라지지 않는 이상 이 우주적인 법칙에서 예외가 될 순 없지."

조휘가 피식 웃으며 조롱조로 대꾸했다.

"그래서 뭐 어쩌라는 거냐."

드디어 본심을 드러내는 금천존신.

"그대는 도대체 좌(座)인가? 인간인가? 아니면 어느 곳에도 속하지 않는 다른 격을 지닌 존재인 것인가?"

귀신 씻나락 까먹는 소리 하고 자빠졌네.

어딜 봐서 내가 규격 외의 존재라는 거냐.

굳이 대꾸할 가치도 없거니와 자신은 저 입심에 말려들 생각 자체가 없었다.

"됐고. 달마진경으로 뭘 하려는지나 빨리 말해. 아니면 다른 놈들처럼 죽여 줄 테니까."

"그렇지. 그러고 보니 통천(通天)…… 가장 이용 가치가 높았던 그자를 그리 허망하게 잃어버리고 말았군."

"그 반짝거리던 휘영(輝靈) 놈은 왜 빼는 거냐."

"그자는 일찍이 버린 패다."

어휴 반짝아 반짝아.

너는 같은 사형제들에게도 이토록 인심을 잃었구나. 참 잘 죽었다.

"빨리 말해 달라니까?"

"차라리 그대와 싸우는 편이 낫겠군."

"진심이야?"

진짜 전심전력으로 싸우자고?

한 차례 가볍게 격돌한 것만으로도 그 충격파에 의해 소림, 아니 광활한 숭산(崇山)이 주저앉을 뻔했다.

하물며 전력으로 부딪친다면?

숭산은 물론 하남 전체가 엄청난 재해에 직면하게 될 것이 자명하다.

이렇듯 좌에 근접한 자들끼리의 충돌이란 자연재해나 다름이 아니었다.

"잘 생각해. 결국 네놈이 주인이 섭식할 영혼도 남아나지 않을 거다."

"허······?"

소스라치도록 놀라고 마는 금천존신.

설마 소검신이 거기까지 파악했으리라고는 생각지도 못한 것이다.

"허공에서 하릴없이 이빨만 터는 거 보면 뻔한 거 아니겠어? 당신도 나와 싸운다는 것이 얼마나 큰 재앙을 초래할 수밖에 없는지 분명하게 인지하고 있다는 거야."

때가 무르익어 오롯한 주인께서 강림하기도 전에 먼저 중원이 끝장날 수도 있었다.

그것이 바로 조휘의 존재감을 접하자마자 금천존신이 내린 판단이었다.

"허면 나와 싸울 수 없는 것은 그대도 마찬가지가 아닌가?"

무표정하게 금천존신을 응시하는 조휘.

"글쎄, 그럴까?"

그런 조휘의 태도를 근거 없는 자신감이라 판단하기에는 그 눈빛이 지나치게 냉정했다.

순간.

조휘의 광대무변한, 너무나도 아득한 의념의 기운이 급속
도로 현신해 천지를 그득 메워 갔다.

그런 상대의 의념이, 일종의 결계와 같은 기막(氣幕) 같은
성질로 변해 가자 금천존신의 만면에 황당함이 서렸다.

"……무슨?"

"당신이 도망가면 안 되잖아."

그제야 안심하며 예의 여유를 되찾는 금천존신.

"단지 나를 가두는 것만으로는 아무것도 해결할 수 없네."

이런 엄청난 규모의 의념을 발휘해 단지 도주를 막는다고
해서 무슨 소용이 있겠는가?

하물며 이런 거대한 의념을 유지하려면 자신을 공격할 힘
이 남아 있을 리가 없었다.

한데 조휘의 입매가 사악하게 비틀리고 있었다.

"뭔가 착각하고 있는 모양인데. 당신을 가두는 건 내가 아
니야."

기이한 의문으로 꺾이는 금천존신의 고개.

"대관절 그게 무슨 소린가?"

이렇게 광대무변한 의념을 펼쳐 결계를 생성하고 있으면
서 자신을 가두려는 의지가 없다?

"거 법칙 좋은 게 뭐야?"

"음?"

순간, 조휘가 전력으로 의념, 아니 자신의 '존재력'을 극한까지 끌어올리자.

쿠구구구구구구-

가늘게 진동하는 천지.

그렇게, 우주를 관통하는 미지의 법칙이 발동되기 시작한다.

"서, 설마!"

인간에게 허락된 힘에는 엄연히 임계점이 존재한다.

우주를 관장하는 법칙은 이를 돌파하는 것을 결코 허락지 않았다.

법천뢰(法天雷)!

지금 조휘는 그런 법천뢰를 강제적으로 발동시키려는 것이었다.

"낄낄! 삼천 년 동안 오랜 상담 좀 해 보자고. 뭐 그렇다고 큰 걱정은 하지 마. 이 현세에서는 찰나에 불과하니까."

법천뢰(法天雷).

인간 세상에 펼쳐질 수 있는 가장 거대한 재앙.

문자 그대로 하늘의 율법이 정한 최악의 재앙이기에 어떤 형벌이 내려질지는 누구도 예측할 수 없었다.

확실한 것은, 하늘의 율법으로 정해진 재앙이기에 필멸자인 인간이 감당할 수 있는 종류가 아니라는 점이었다.

한데 저 소검신은 그럼 끔찍한 재앙을 인위적으로 일으키고 있었다.

좌에 이른 불멸의 존재들조차 예측할 수 없디는 무량(無量)의 확률을 지닌 재앙!

미친!

금천존신의 얼굴이 악귀처럼 구겨지자 눈을 뜨고서는 도저히 바라볼 수 없는 금광이 그의 전신에 작열했다.

이처럼 그를 상징하는 찬란한 금마불광(金魔佛光)이 태양처럼 밝게 빛난다는 것은 그가 자신의 모든 존재력을 끌어올렸다는 반증.

어설픈 힘으로는 소검신이 펼쳐 놓은 의념의 결계를 결코 뚫을 수 없기 때문이었다.

하지만 이어 들려오는 소검신의 음성에 금천존신은 더욱 얼어붙을 수밖에 없었다.

"고맙다! 법천뢰를 발동시키려면 조금 모자란 감이 있었는데 결국 모두 채워졌군!"

이미 한 차례 법천뢰를 맞아(?) 본 조휘는 얼마만큼의 힘이 발현되어야 법천뢰가 구동되는지 그 임계점을 정확하게 인지하고 있었다.

이제 금천존신의 존재력까지 더해졌으니 법천뢰의 발동 조건이 완벽하게 갖춰진 것이다.

"이런 찢어 죽일……!"

육존신 중 몇몇은 법천뢰를 경험하고 돌이킬 수 없는 정신적 타격을 입은 상태.

11

그렇게 혼탁해진 영력으로는 결코 좌에 이를 수가 없다.

자신과 더불어 가장 상위의 존재였던 휘영존신(輝靈尊神)이 그렇게 약해져 버린 것도 모두 이 법천뢰 때문!

자신마저 약해진다면 이 땅 위에 펼쳐질 그분의 모든 대계가 무너진다.

이를 악다문 금천존신이 조휘가 펼쳐 놓은 결계를 파괴하기 위해 쌍장(雙掌)을 치켜세우며 빛살처럼 운신했다.

지이이이잉-

금천존신의 두 눈이 찢어져라 부릅떠졌다.

자신이 펼친 한 수의 금불쌍장(金佛雙掌)에는 산맥마저 뒤집어 버릴 수 있는 초월적인 거력이 담겨 있었다.

한데 별다른 타격음도 없이 그저 움푹 파였다가 돌아올 뿐 소검신의 결계는 끄떡도 하지 않았던 것이다.

기이한 광경이었으나 한편으로는 무척이나 익숙한 느낌.

갑자기 이와 비슷한 힘을 구사하는 자가 머릿속에 떠오른다.

곧 주먹을 으스러지게 말아 쥐는 금천존신.

"원도(原道)……?"

나머지 다섯에게는 늘 실험체의 번호로 불렀으나 오직 원도에게만큼은 그분은 항상 제자로 대우했다.

그토록 각별한 대접을 받았음에도 그분께서 손수 내려 주신 존신(尊神)의 휘호도 거부한 채 도망쳐 버린 배신자!

그런 원도 놈의 힘이 왜 저 소검신의 의념에서 느껴진단 말인가?

"와 진짜 당황한 것처럼 보이네? 그럼 내가 그저 무식하게 의념을 유형화한 결계만 펼쳐 놓은 줄 알았냐?"

가소롭다는 듯이 자신을 바라보고 있는 소검신을 향해 금천존신이 발작하듯 외친다.

"이, 이게 도대체 어떻게 된 일이냐! 어떻게 네놈이 원도(原道) 놈의 비술을!"

"그거야 뭐 벽면에 잔뜩 새겨져 있는 걸 보고 그냥 줍줍했지."

장삼봉의 거대한 지하 공동에는 그의 예언만이 적혀 있는 것이 아니었다.

그의 일생(一生), 그 위대한 심득 역시 모두 빼곡하게 적혀 있었다.

과연 장삼봉이 남긴 힘은 결코 삼신에 비해 모자라지 않았다.

"당신의 눈에 보이는 결계…… 그거 모두 태극(太極)이야."

금천존신이 피가 나도록 입술을 깨물고 있었다.

음(陰)과 양(陽).

무(無)와 유(有).

실(實)과 허(虛).

공(空)과 만(滿).

태극이란 이런 만물의 법칙으로도 나눌 수 없는 궁극의 진리.

모든 구별함이 없는, 아니 구별되지 않는 태초의 혼돈(混沌)을 가장 완벽하게 설명하는 천고의 이론이었다.

때문에 신좌께서는 그렇게 또 다른 방식으로 좌(座)에 도전하는 원도 장삼봉을 각별히 아끼고 또 응원하고 있었다.

어쩌면 이미 좌에 이르렀을지도 모를 그런 원도의 궁극기예를 어떻게 소검신이?

원도는 나머지 다섯 사제들에게 자신의 이론을 아낌없이 내주었으나 그의 태극이란 누구도 흉내 낼 수 없는 유일한 것이었다.

"네놈……!"

하지만 금천존신의 음성은 더 이상 이어지지 못했다.

"왔군!"

머나먼 상공.

뇌전처럼 작열하다 이내 흩날리듯 사선으로 어지럽게 낙하하고 있는 빛살 무리.

그것은 마치 춤사위와 같은 황홀한 빛의 향연이었으나, 도무지 상상도 할 수 없는, 그야말로 우주적 법칙(法則)의 힘이 느껴지고 있었다.

의념이나 법력 따위 같은 인간이 익힐 수 있는 힘과는 비교조차 무색한 무진장(無盡藏)의 거력.

저것이 바로 인간이 경험할 수 있는 가장 극악한 재앙, 법천뢰(法天雷)!

"깔끔하게 가자고!"

소검신이 펼친 의념의 결계가 점차 축소되기 시작한다.

작아지는 의념의 결계는 소검신과 자신이 맞닿아 서로 꽉 낄 때까지 멈추지 않았다.

화아아아악-

그렇게 소검신과 금천존신이 세상에서 사라졌다.

네노오오옴-!

금천존신의 기다란 비명 소리만이 천공에 메아리처럼 울릴 뿐이었다.

처참하게 짓이겨진 몸으로 그런 광경을 바라보던 밀승들이 전율하며 몸을 떨고 있었다.

자신들이 본 것은 도대체 뭐란 말인가!

그것은 역사 속의 신화와 전설에 다름이 아니었다.

지객당주 범승이 선장에 기댄 채 억지로 몸을 일으키며 절규하듯 외쳤다.

"한시라도 빨리 맹으로! 천년 소림의 비술이 천하에 공개되는 것을 반드시 막아야 하오!"

"아미타불……!"

"아미타불……!"

그렇게 달마하원의 밀승들이 서둘러 장내를 수습했다.

숭산의 정취가 다시 고요로 물들고 있었다.

◆　◈　◆

온몸이 잘게 쪼개어지고 또 쪼개어진다.

이윽고 시야마저 붕괴되며 오직 의식만이 망망대해와 같은 시공간을 부유하고 있을 뿐이었다.

그렇게 희미해져만 가는 의식이 끝자락에 다다랐을 무렵, 저 멀리 천공의 위에서 괴이한 탑 같은 것이 보이기 시작했다.

"깼냐?"

갑작스럽게 육신의 감각이 돌아오자 금천존신은 상상도 할 수 없는 고통이 밀려와 그대로 널브러졌다.

"끄으으으…… 우웨에에엑!"

"지랄을 해라."

조휘가 팔짱을 낀 채 한심하다는 듯 금천존신을 쳐다보고 있었다.

아무리 토해 봐라.

찌꺼기 비슷한 것이라도 나오나.

육체로 존재했다면 삼천 년은커녕 세 달도 버티지 못하고 굶어 미라가 됐겠지.

감각만 그럴싸할 뿐 지금 이 순간, 이 공간에 존재할 수 있는 것은 오직 의식과 영육(靈肉)뿐이었다.

그렇게 금천존신은 몇 차례 토해 보다 기이함을 느꼈는지 드디어 주변을 살피는 여유를 되찾았다.

"도대체 이곳은……?"

광활한 공허 속.

사방에 별빛이 반짝거리는 우주적 공간이었다.

그런 무량한 공허 위에서 자신은 유리(琉璃)처럼 투명해진 장방형 공간에 갇혀 있었다.

"그래 어서 오고. 뭐긴 감옥이지."

"감옥?"

조휘가 시선으로 머나먼 공허의 한 부분을 가리켰다.

"보이지?"

조휘의 시선을 쫓아 바라본 곳에는 거대한 탑 같은 것이 존재했다.

그 가장 꼭대기에 가느다란 쇠침 같은 것이 쉴 새 없이 회전하고 있었다.

그 주위로 펼쳐져 있는 괴이한 문자.

읽을 수는 없었으나 그 뜻은 곧바로 머릿속에 전달되고 있었다.

"사, 삼천 년……!"

저 쇠침들이 가리키는 시간이 다하기까지는 앞으로 삼천 년.

금천존신이 소스라치게 놀라며 조휘를 쳐다보았다.

"이를 미리 알고 있었단 말이냐?"

분명 소검신은 법천뢰가 떨어지기 전부터 삼천 년을 운운하고 있었다.

"당연히 미리 알고 있었지 그럼 모르고 왔냐?"

법천뢰가 선사하는 재앙의 수는 무량대수(無量大數).

당연히 이를 예측하는 것은 좌(座)들조차 불가능하다.

한데 어떻게 정확하게 무슨 재앙이 떨어질지 미리 예측할 수가 있으며, 또한 정확히 의도한 바대로 자신을 이곳에 끌고 올 수가 있단 말인가?

도무지 믿을 수 없는 일이었다.

'그, 그런 것이 가능하다면……!'

좌들조차 그토록 닿고 싶어 하는 또 다른 차원의 경지가 있다.

법칙을 오롯이 발현시킬 수 있는 자.

그 경지에 이르면 더 이상 우주적 율법에 통제받지 않는다.

즉 자신만의 차원을 가꿀 수 있는 위치에 서게 되는 것이다.

자신이 아는 한, 저렇게 법칙을 예측하고 의도할 수 있는 자는 모든 것을 초월한 존재, 창조자(創造者)들밖에 없었다.

창조자들은 가벼운 의지로 좌들조차 벌레처럼 죽일 수 있다고 들었다.

덜덜덜-

신좌께서 좌들의 온갖 위협과 견제를 받으면서도, 끝끝내 영혼의 섭식이라는 패를 취할 수밖에 없었던 것도 바로 그런 창조자의 경계에 닿기 위함이었다.

한데 설마하니 소검신이 그 경지에 닿아 있을 줄이야!

"경계의 위대한 분이시여!"

금천존신은 그야말로 벌레처럼 엎드려 벌벌 떨고 있었다.

"만물의 창조와 파괴를 의지대로 행할 수 있는! 억겁의 시간에도 무량한 공간에도 구애받지 않는, 그런 모돈 경계를 지배하는 위대한 존재! 창조자 아니십니까?"

"뭐래 또. 무섭게."

신으로 불리는 좌들보다도 더한 상위의 존재가 있다는 것을 조휘도 어렴풋이 짐작하고는 있었다.

좌들이 진정한 신이라면 인간의 세상에 함부로 개입하거나 침범할 수 없는, 그런 우주적 율법에서 완전히 자유로워야 했다. 하지만 그들 역시 그런 법칙의 틀 안에서 자유롭지 못한 것이다.

이를 통해 알 수 있는 것은, 오롯해진 격으로 좌(座)에 이른 존재들 역시 어떤 미지의 힘에 의해 통제를 받고 있다는 것.

이 말인즉, 그런 엄청난 법칙의 힘을 투사하는, 보다 상위의 존재가 반드시 있다는 뜻이었다.

"왜 그런 소릴 하는 거지?"

저 위대한 존재의 위선에 결코 속으면 안 된다.

무슨 이유로 '가면'을 쓴 채 인간사에 개입하고 있는지는 모르나, 상대는 가벼운 의지 하나로 인간의 영혼을 가볍게 소멸시킬 수 있는 자.

"손수 이 미천한 몸에게 법천뢰의 재앙을 의지대로 부리는 위대한 신위를 보여 주셨습니다! 물론 저는 한낱 하찮은 필멸자에 불과하나 나름대로 수양을 쌓은지라 위대한 존재를 알아보는 눈은 있습니다!"

조휘가 실소를 머금었다.

"흐흐…… 난 또 뭐라고. 아니다 그런 거. 그냥 이미 한 번 경험해 봤기 때문에 알고 있는 것뿐이야."

"저는 비록 미천한 필멸자이나 우둔하지 않습니다!"

이 새끼 이거…….

착각 오지게 하고 있는 거 같은데?

"하늘의 율법이 정한, 법천뢰에 속한 재앙의 개수는 그야말로 무량대수! 아무리 미리 겪어 본다 한들 다음번에도 같은 재앙이 펼쳐질 거라고 감히 누가 확신할 수 있겠습니까!"

"너 몰랐구나?"

조휘가 머나먼 허공의 시계탑을 다시 시선으로 가리켰다.

"저기 저렇게 친절하고 상세하게 적혀 있잖아. 모든 것은 인과율에 따라 미리 정해져 있나니 그대의 운명에 정해진 시련은 '공허의 속박'이다. 안 보여? 아니 안 느껴져?"

그것은 일종의 조휘를 향한 경고였다.

인간의 몸으로 또다시 허락된 존재력의 임계점을 돌파한다면 반드시 이곳으로 다시 돌아오게 될 것이라는 경고.

물론 조휘도 이곳으로 다시 오는 것은 죽기보다 싫었다.

하지만 이 음흉한 금천존신에게 모든 정보를 빼낼 수만 있다면, 그렇게 세상을 구할 수만 있다면 반드시 해야만 하는 일이었다.

자신에게는 삼천 년의 기나긴 고통이겠으나, 저 하계의 중원인들에게는 찰나에 불과한 시간일 테니까.

"무슨 말이 적혀 있다는 것인지 저는 아무리 살펴도 도통 모르겠습니다."

금천존신이 조휘를 올려다보며 의문 가득한 눈빛을 빛내고 있었다.

"저기 적혀 있는 문자를 통해 삼천 년의 시간이 남아 있다는 것만 인식할 수 있을 뿐, 저 탑에서 더 이상 다른 문자는 어디에도 제겐 보이지 않습니다."

"뭐?"

조휘의 당혹스런 시선이 다시 거대한 시계탑을 향했다.

"아니……."

분명 읽을 수는 없다.

하지만 아무리 확인을 해 봐도 그 뜻만큼은 정확히 머릿속에 전달되고 있었다.

다시 금천존신을 바라보는 조휘.

오해를 단단히 했는지, 무릎을 꿇은 채 연신 공손히 고개를 조아리고 있는 그의 모습을 보아하니 분명 가식은 없어 보인다.

그럼 도대체 저 문장을 왜 나만 인식할 수 있는 거지?

"잠깐만. 하나만 물어보자고."

"하, 하문하시옵소서!"

"에이 씨! 나는 창조자 뭐 그딴 거 아니라니까!"

"……."

하지만 금천존신의 입장에서는 조휘가 아무리 아니라고 가식을 떨어 봤자 귀에 들어오지 않았다.

법천뢰의 재앙을 예측한다는 건 좌(座)들조차 불가능하다는 것이 정설이었으니까.

"법천뢰에 속한 재앙의 종류가 무량대수라는 근거가 뭐야?"

"그것은 이미 역사로 증명된 일이옵니다."

"역사?"

"그렇사옵니다. 역사가 기록된 이래로 격(格)에 올라 좌(座)가 되려는 인간은 제법 많았사옵니다. 위대하신 저희 신좌(神座)께서도 법천뢰를 수도 없이 맞이한 끝에 비로소 격에 올라 좌에 이르셨습니다. 법천뢰의 파훼는 좌에 이르는 마지막 관문이옵니다."

제법 상세한 설명이었으나 조휘는 쉽게 이해가 되지 않았다.

"당신 여섯 중 몇몇은 좌에 엄청나게 집착하잖아? 하지만 당신이나 그놈이나 법천뢰를 굉장히 두려워하던데?"

통천존신이 그러했듯 눈앞의 금천존신도 법천뢰 앞에서 굉장히 두려워하는 태도를 보였다.

하지만 그렇게도 좌에 이르고 싶다면, 법천뢰를 계속 경험하려 했을 것이 당연한 일이었다.

어차피 육존신쯤 되는 존재들에게는 수명이야 더 이상 의미가 없을 것이다.

좌의 격에 이르는 존재력을 얻으려면, 의미 없는 수련보다야 법천뢰를 통해 경험을 쌓는 편이 더욱 확률이 높을 테니까.

그러나 금천존신의 얼굴은 허탈함만 그려 내고 있었다.

"……법천뢰는 우주적인 재앙이옵니다. 함부로 도전했다가는 자칫 소멸되거나 영력에 회복할 수 없는 타격을 입어 그간 쌓아 온 모든 존재력을 잃게 되는 것이옵니다."

대답이 마음에 들지 않았는지 조휘는 이내 무료한 얼굴이 되어 다시금 머나먼 허공의 시계탑을 올려다보고 있었다.

무량한 공허 속에서 삼천 년을 버텨 내야 하는 것은 극도의 고통이라 할 수 있겠으나 한편으로는 무한한 기회이기도 했다.

한데 영력을 잃거나 아예 소멸될 수도 있다니?

오히려 자신은 이곳에서 의념의 무한한 가능성을 확인했다.

단순히 재앙이라는 단어로 부르기에는 뭔가 이상한 측면이 있는 것이다.

"저희들 중 법천뢰를 가장 많이 겪은 자는 통천(通天)이옵니다. 하지만 그조차도 마지막에 돌이킬 수 없는 타격을 입어 존재력이 절반 이하로 퇴화될 수밖에 없었사옵니다."

"오호, 그게 고작 절반의 경지였다고?"

"그 일만 아니었다면 여전히 통천은 저희들 중 최강이었을 것이옵니다."

어쩐지 자신의 교단까지 손에 넣은 최강의 존신(尊神)치고 허탈하리만치 약하더라니.

"그가 겪은 법천뢰만 해도 모두 결이 다른 재앙이었사옵니다."

열해(熱海)의 주박.

팔한(八寒)의 경계.

흑암(黑暗)의 허무.

분명 조휘도 다양한 재앙을 언급하는 통천존신의 말을 들은 바가 있었다.

"아, 젠장 머리만 아프네. 야, 그만해."

조휘가 그대로 투명한 바닥에 널브러지며 무료한 눈빛을 발했다.

"됐고, 저기 쇠침 밑에 톱니바퀴 보이지?"

저 톱니바퀴의 한 바퀴는 인간의 시간으로는 천 년이며, 총 세 번의 완전한 회전을 마치고 나서야 이 공허의 공간에서 해방될 수 있었다.

"……이미 저도 인식하고 있사옵니다."

조휘가 가볍게 고개를 끄덕였다.

"일단 한 바퀴는 함께 수련하는 데 쓰자고. 복잡할 땐 머리를 비우고 수련하는 것이 최고니까."

"수, 수련이라시면?"

조휘의 입가로 사악한 미소가 번진다.

"의념을 갈고닦는 것은 이미 질리도록 해 봤으니까 이제 투로를 닦아야겠지?"

투로(鬪路)!

그런 조휘의 말에 금천존신이 부르르 몸을 떨었다.

지금 이 미친 창조자(?)가 천 년 동안 자신과 함께 싸우자
고 천명한 것이다!

"간다!"

"자, 잠시! 사, 살려 주십시오!"

조휘가 유형화된 의념의 기운을 두 주먹에 덧씌운다.

"어차피 죽지도 않아. 육체처럼 느껴지겠지만 본인의 몸을
한번 잘 살펴보라고. 생체 활동이 모두 멈춰 있지 않아?"

"허면……?"

"영체(靈體)다! 다만 고통은 비슷할 거야!"

"아, 아니! 잠시만…… 커헉!"

공기가 없어 충격파만 울리지 않을 뿐, 그의 명치에 꽂힌
일권(一拳)의 위력은 그야말로 재해 수준의 파괴력이 담겨
있었다.

곧 금천존신의 영체에도 장엄한 금마불광이 일어났다.

"으아아아아아!"

자신을 보호하려면 어쩔 수 없이 저 미친 창조자와 싸울 수
밖에 없는 것이다.

79章.

  처참한 몰골로 쓰러져 있는 금천존신.

  그는 혼절할 것만 같은 정신을 겨우 다잡으며 악착같이 머
나먼 시계탑을 올려다보고 있었다.

  그렇게 톱니바퀴가 돌아간 정도를 살펴보니 지나온 시간
은 이제 고작 이백 년.

  그 이백 년이 그에게는 그야말로 이만 년(二萬年) 같은 시
간이었다.

  자신이 누구인가?

  천 년이 넘는 세월!

  평범한 인간으로서는 감히 상상도 할 수 없는 시간 동안 오

롯이 존재해 오며, 인간의 모든 고통과 번뇌에서 초월한 그야 말로 존신(尊神)으로 불려 마땅한 몸이었다.

중원에 존재하는 거의 모든 종류의 무공에 통달했으며, 갈고닦은 정신력 또한 선계의 도사들을 압도하는 것이었다.

"크르르르르……."

그런데, 이렇게 짐승 같은 울음소리가 절로 나오고 있었다.

저기 투명한 공간의 벽에 몸을 기댄 채 꾸벅꾸벅 졸고 있는 소검신을 쳐다만 보면, 그런 천 년 수양이 모두 물거품처럼 사라지며 한낱 사나운 날짐승이 될 수밖에 없는 것이다.

팔천이백이십육 전(戰).

팔천이백이십육 패(敗).

이것이 바로 자존감이 바닥을 치고 오직 짐승처럼 분노로 울부짖을 수밖에 없는 이유였다.

놈의 무학적 자산은 가히 상상을 불허했다.

남궁(南宮), 당가(唐家), 소림(少林), 무당(武當), 화산(華山), 개방(丐幫).

물론 저러한 구파일방과 오대세가의 무공 따위가 자신에게 위협이 될 수는 없었다.

문제는 그런 무공들을 펼치는 주체가 소검신이라는 것.

게다가 늘 최종적으로 닥쳐오는 삼신(三神)의 융합절기란…!

그 엄청난 의념의 압력에, 자신의 영체가 종잇장처럼 찢겨지고 두부처럼 으깨어져 몇 번이고 소멸을 떠올렸을 정도였다.

물론 하나는 알 수 있었다.

놈은 결코 창조자와 같은 위대한 존재가 아니다!

진실로 창조자라면 개미처럼 하찮게 여겨질, 그야말로 한낱 인간에 불과한 자신을 이렇게까지 괴롭히진 않을 테니까!

그렇게 그가 승부고 뭐고 몰래 암살하고 싶은 생각이 머리 끝까지 치밀어 오른 그때.

"가만, 그러고 보니 말이야."

흠칫!

몰래 운신하여 조휘를 암습하려던 금천존신이 기겁을 하여 자세를 고쳐 잡았다.

"뭐, 뭐냐!"

"어라? 이 새끼 이거 악독한 표정 좀 보소? 혹시 아예 안 되니까 치사하게 내가 잠든 틈을 노리는 거냐? 그래도 존신(尊神)인데 에이…… 아니겠지?"

"무, 무슨 소리냐! 모함이다!"

"아님 말고."

조휘가 다시 퍼질러 누우며 장방형 공간 밖의 허공을 무료하게 응시했다.

"그…… 통천 놈 말이지. 그놈이 내게 했던 말들이 갑자기 떠올랐다."

"무슨……?"

비록 함께 신좌의 실험체였으며 제자였지만 서로 간의 교류는 거의 없다시피 했다.

가끔 수십 년 만에 한 번씩 회동하긴 했으나 그저 가벼운 정보 교류에 그칠 뿐, 그마저도 원도(原道)와 귀암(鬼暗)이 사라진 이후로는 몇 번 모이지도 않았던 것.

"당신이 아는 좌와 그놈이 말하던 좌와는 뭔가 결이 달라. 그놈은 분명 선택의 순간에 이르러 굳이 좌를 선택하지 않았 다고 했거든."

"뭐, 뭐라?"

"그놈은 당신과는 철학이 완전히 달랐어. 그놈은 좌에 올라 우주적 존재가 되어 본들 기다리고 있는 건 끝없는 허무뿐이라 했거든. 할 수 있는 거라곤 자신의 의지를 필멸자들에게 투사하 여 관찰하는 것. 변태같이 희희낙락거리는 게 전부라는 거지."

"신성 모독이다!"

대저 좌란 무엇인가?

인간의 격으로는 감히 마주할 수 없는 절대적인 신성(神 聖)이다.

필멸자의 굴레를 벗어나 마침내 영원불멸의 절대성을 거머 쥔 위대한 존재들을 감히 누가 함부로 폄하할 수 있단 말인가!

"분명 그랬다니까? 본인은 그렇게 허무하게 시간만 보내기 보다는 차라리 세상에 남아 모든 인간을 유희삼기로 했데."

"감히!"

금천존신은 진실로 분노한 듯 온몸을 가늘게 떨고 있었다.

허나 조휘의 음성은 아랑곳하지 않고 계속 이어졌다.

"당신들의 사부 달마, 아니 신좌를 판단하는 것도 그놈만은 달랐어. 신좌가 자신에게 사기를 쳤다 생각하더라고."

"사, 사기?"

어처구니가 없다는 듯한 금천존신의 표정.

"당신들을 만나기 전부터 달마는 이미 좌에 오른 상태였데. 결국 당신들에게 했던 모든 실험은 좌에 오르기 위함이 아니었다는 거지."

"마, 말도 안 된다! 그럼 그 무수한 실험들은 도대체 왜……?"

"신좌가 중원 세상에 강림(降臨)하기 위해 벌인 실험이라는 거지."

"궤, 궤변이다!"

소스라친 표정으로 정신없이 고개를 흔들고 있었지만 그런 금천존신의 어지러운 눈빛에는 적잖은 동요가 드러나 있었다.

그분의 분노를 사 가면서까지 암암리에 교단을 만들어 스스로 존재력을 강화했던 것이 과연 그래서였단 말인가!

하지만 위대한 그분께서 한낱 인간에 불과한 자신들을 속였다고 해서 흠이 될 수는 없는 일.

이미 자신은 그분의 종복(從僕)이 되기를 오래전에 다짐한 몸이었다.

하지만 그다음 이어진 조휘의 음성에 금천존신의 정신은

박살이 나고야 말았다.

"가장 궁금한 건 말이지. 자신의 비밀에 가장 근접해 있는, 또한 가장 자신을 적대시하고 있는 제자를 왜 화신으로 삼았냐는 거다."

"화, 화신?"

"어, 화신."

"그놈이 그분의 화신이라고?"

조휘가 더없이 무료하다는 듯 퉁명스레 대답했다.

"씻팔 속고만 살았냐? 내가 그 신좌 놈하고 직접 대화까지 했다니까?"

"그대가 그분의 신언(神言)을 직접 들었다고?"

"뭐 인간의 언어로 표현조차 어려운 이름들만 주구장창 말하고 도망가긴 했지만 틀림없이 그놈이었지."

"미, 미친! 마, 말도 안 돼!"

화신(化身)이라 함은 좌에 이른 존재들이 자신의 의지를 발현할 수 있는 가장 완벽한 수단이었다.

허면 그 화신의 자리는 자신의 것이 되어야 마땅했다.

물과 불, 바람으로 현신하시어 내리는 그분의 명령을 가장 충실히 수행해 온 것은 오직 종복을 자처한 자신뿐이니까.

소검신의 저 말이 사실이라면 자신은 도대체 그분의 뭐란 말인가?

조휘가 한심하다는 듯이 금천존신을 쳐다보고 있었다.

"다른 제자가 그 음흉한 신좌 놈의 화신이 된 것이 그리 질투가 날 일이야? 그게 무슨 충격이나 된다고 그리 얼빠진 얼굴을 하고 있는 거야?"

"나는…… 나는……."

"도대체 신좌 놈이 당신에게 뭘 약속해 줬지? 뭐 인간 세상의 재산이나 명예 따위는 당신에게 아무런 의미도 없을 테고…… 있다면 딱 하나 영원불멸뿐인데? 보아하니 하도 수명을 초월해서 이제 그 목숨도 얼마 남지도 않아 보이구만. 혹좌에 이르는 방법을 약속받은 건가?"

야차처럼 구겨지는 금천존신의 얼굴.

귀신같은 놈!

"병신, 차라리 날 신으로 받들지 그래?"

"그게 무슨?"

피식 웃어 버리는 조휘.

"난 느낄 수 있어."

조휘가 다시 머나먼 허공의 시계탑을 응시한다.

"법천뢰의 무량대수와 같은 재앙 중에서 오직 이곳 '공허(空虛)의 주계(主界)'만이 유일한 해답이야."

"그건 또 무슨 소리냐?"

"법천뢰가 진법이라면 여기가 유일한 생문(生門)이라는 거지."

조휘가 떠나갈 듯이 웃었다.

"하하하하하! 좌의 격(格)에 이르는 길을 바로 앞에 두고도
몰라보냐?"

그의 손이 시계탑의 맨 하단 부분에 자리한 거대한 석판을
가리킨다.

"저기에 적혀 있는 이름들이 정말로 안 보이냐?"

조휘가 가리킨 석판.

그곳에는 좌의 격을 성취한 무수한 존재들의 이름이 빼곡
하게 적혀 있었다.

하지만 금천존신은 이번에도 석판의 글귀를 읽을 수 없었다.

머릿속에 그 뜻은 전달되나 인간의 언어로 읽을 수는 없는
기묘한 수많은 이름들.

공허의 주계를 처음 경험했을 때는 드러나 있지 않았으나,
금천존신과 함께 들어온 지금에서는 분명히 확인할 수 있었다.

석판에 수도 없이 새겨져 있는 이름들이었으나 그 하나하
나마다 절대적인 신성이 느껴졌다.

"이번에도 느껴지지 않는다고?"

"……그렇다."

그런 금천존신의 반응에 그제야 조휘가 진지하게 두뇌를
회전하기 시작했다.

이유야 어찌 되었든 자신과 함께 이 공허의 주계에 도착한
이상, 그에게도 우주적 율법에 의해 동일한 인과율이 적용되
었다는 의미다.

한데 공허의 속박에 관한 인과율의 언급이나, 이미 이곳을 다녀간 좌(座)들의 이름이 그에게만 보이지 않는다는 것이 대체 무엇을 뜻하는 거지?

"아니 아무리 생각해도 말이 안 되잖아? 나와 함께 이곳에 들어온 이상 당신도 동일한 인과율을 적용받는다는 건데 왜 저 탑은 당신에게만 비밀스러운 거지? 우주적 법칙이라는 게 그리 변덕스러울 수도 있나?"

"선택에 관한 문제일 것 같군."

"선택?"

금천존신의 표정은 일견 잔잔해 보였지만 분명 그의 얼굴에는 한 줄기 두려움이 스치고 있었다.

"그대가 주장한 바대로, 이곳이 좌에 오르는 최종 관문인 법천뢰의 유일한 생문(生門)이라면 그 생문이 허락하고 선택한 자는 오직 그대뿐이라는 뜻이다. 그럼 지금의 모든 현상이 바르게 설명되지."

"음……."

말하면서도 우울해진 듯 그의 눈빛은 의미 모를 공허함으로 그득했다.

"이미 그대는 좌이거나 혹은 최후의 한 발자국만 남은 예비된 존재라는 뜻이다."

"내가 이미 좌라고?"

좌가 아니고서야 지금 이게 모두 설명될 수 있는 일인가?

천 년 이상 존재력을 갈고닦아 온 자신을 한낱 의념만으로 어린아이 다루듯 줘 패고 있는 존재가 바로 소검신이었다.

"이런 제기랄!"

한편 조휘는 곧바로 육두문자를 뱉어 내고 있었다.

영계의 어르신들이 말씀하신 대로 자신이 좌에 이르면 신좌를 상대하는 것이 보다 수월해질 것이 분명하거늘, 자신더러 좌라고 칭하는 것이 왜 이렇게 소름이 돋을 만큼 싫은 걸까.

이상하게도 그런 금천존신의 말을 듣는 순간 반사적으로 수치심과 모멸감이 들었다.

마치 뱃속의 모든 더러움이 한꺼번에 구역질로 치미는 느낌.

확실한 것은, 이런 역겨운 감정부터 치미는 것으로 보아 자신은 결코 좌가 아닐 거라는 점이다.

조휘가 단호하게 고개를 저었다.

"지랄 마. 아니야. 난 좌 따위가 될 생각은 눈곱만큼도 없다."

"⋯⋯따위?"

금천존신의 얼굴에 떠오른 표정은 극도의 황당함이었다.

중원 대륙을 평정하여 천하 만백성의 생사여탈권을 거머쥐었던 위대한 시황제조차 한 떨기 불로초를 찾기 위해 그토록 평생을 찾아 헤맸었다.

그런 생로병사, 인간의 굴레를 모두 벗어던지며 비로소 우주적 법칙으로부터 완전한 영생불멸의 자격을 부여받는 경지가 바로 좌(座)!

금천존신은 그런 초월자의 경지를 감히 '따위'라고 말할 수 있는 조휘에게 일종의 경외감마저 들었다.

지금 이곳 공허의 주계가 무량대수에 가까운 법천뢰의 유일한 생문이라면, 반드시 이를 관장하는 상상할 수 없는 존재가 지켜보고 있을 것이었다.

"두렵지도 않은가?"

"뭘 무서워해야 되는데?"

극도로 긴장한 얼굴로 천천히 시선을 옮겨 주변을 두리번거리는 금천존신.

"그대 말대로 이곳이 좌에 오르는 최후의 관문이라면 이를 관장하는 이가 반드시 존재할 터. 그대는 그런 초월적인 존재의 주시(注視)도 아랑곳하지 않는단 말인가?"

조휘가 퉁명스럽게 반문했다.

"그게 무슨 상관인데?"

"아, 아니 좌의 시험대에서 그런 좌를 부정한다는 것이 어떤 의미인지 진정 그대는……."

금천존신은 거기까지 말하다가 금방 허탈한 얼굴이 되고 말았다.

가만 생각해 보니 이 소검신은 좌가 될 생각이 하나도 없는 자가 아닌가?

좌에 오르지 못하는 것을 애초에 두려워할 인사가 아닌 것이다.

금천존신의 허탈한 시선이 다시 광활한 우주를 향한다.

불타듯 이글거리는 무수한 성광(星光)들.

그 격이 저 위대한 별들의 존재력에 비할 수 있다 하여 따로 성좌(星座)라고도 불리는 초월적인 경지.

그야말로 평생을 헤매어 온 이름이요, 꿈에서도 바라 마지 않는 비원이었다.

그런 좌에 이르는 유일한 길을 이렇게 눈앞에 두고도 아무 것도 할 수 없는 자신이 너무도 무기력하고 비참했다.

한 인간의 노력 여하에 상관없이 오로지 위대한 존재의 선택을 받아야만 하는 것이 좌라면…….

차라리 처음부터 이 공허의 주계, 마지막 좌의 관문을 몰랐으면 하는 것이 그의 솔직한 심정이었다.

기나긴 인생, 천 년이 넘도록 모질게 이어져 온 자신의 삶이 단 한순간에 부정당하는 기분이었으니까.

더욱이 그런 위대한 좌의 길을 발끝에 차이는 돌보다도 하찮게 여기는 소검신을 바라보는 그 심정이란 이루 말할 수 없을 정도로 비참한 것이었다.

"얼레? 뭐야 그런 표정은? 갑자기 멘탈이 박살 난 거 같은데."

"닥쳐라…….""

그렇게, 좌에 이르는 방법의 실체를 마주한 금천존신은 차라리 이 자리에서 당장 죽고만 싶은 심정이었다.

달마가 아무리 신좌라고 해도 이 무량한 법천뢰의 재앙을 예측하거나 조종할 수는 없었다.

애초에 좌에 이르게 해 준다는 그의 약속은 기만(欺瞞)이
었던 것.

"그래, 그래. 사는 게 다 그런 거야. 속고 속이고, 또 당하고
복수하고. 그러니까 이제 말해 봐. 달마진경은 왜 뿌렸지?"

금천존신은 단호하게 입을 다물다가 지금 이게 다 무슨 소
용인가 싶어 피식 실소가 터져 나오고야 말았다.

어차피 남은 이천팔백 년 동안 고문에 가깝게 죽도록 쳐맞
을 것이 뻔한데 그토록 오랜 세월 동안 비밀을 지킬 수 있다
는 장담도 할 수 없는 노릇이 아닌가.

하지만 막상 대답해 주려고 하니 자신은 아는 것이 별로 없
었다.

"그분의 강림과 관련이 있을 거라는 짐작만 할 뿐, 자세한
것은 나도 모른다."

"강림(降臨)?"

금천존신의 입에서 최악의 대답이 흘러나오자 조휘의 얼
굴이 더없이 딱딱하게 변했다.

"단순한 무공 비급이 아니었던 거냐?"

"뭔가 오해하고 있군. 달마진경은 무공이나 사상과 같은
어떤 지식이 함유된 서책이 아니다."

이건 또 무슨 뚱딴지같은 소리지?

아니 경(經)이라며?

보통 경이라는 고상한 글귀가 포함된 보물이라면 사상이나 철학, 비법, 이론과 같은 것이 집대성된 경서(經書)를 뜻하는 것이 아닌가?

"잠깐, 당신은 달마진경을 익혔어?"

"그분께서 진경의 열람을 내게 허락하신 적은 없다."

"뭐?"

아니 그럼 제자에게조차 보여 주지 않은 경서를 만천하에 공개했다는 말인가?

"직접 보는 것이 빠르겠군."

이어 금천존신이 자신의 가사(袈裟)를 뒤지더니 품에서 기묘한 뭔가를 꺼내 조휘에게 들이밀었다.

"이, 이게 뭐지?"

무림이라는 세계에 떨어진 이후, 조휘가 지금처럼 놀란 적은 단연코 없었다.

금천존신이 내민 것을 그야말로 혼비백산한 표정으로 집어 드는 조휘.

"이건 반도체 칩(chip)이잖아?"

"이상한 언어로 칭하는군. 그대가 말한 그런 이상한 것이 뭔지는 모르겠으나, 그것이 바로 달마진경이다."

"아오! 뭐라는 거냐!"

아무리 살펴봐도 현대인에게만큼은 너무도 익숙한 모양의 반도체 칩이다.

한데, 하부에 장착되는 전극들의 생김새가 흔히 아는 모양이 아니었다.

반도체 칩의 하부에 눈에 보이지도 않을 정도의 미세한 침이 빼곡하게 달려 있었다.

하지만 이런 결착 형태의 반도체 칩은 자신이 살아온 현대 세상에도 존재하지 않았다.

"잠깐만······?"

이것이 정말 경서(經書)라고?

경서는 지식을 전달하는 도구.

아무런 IT 기반이 없는 중원 세상에 이런 고차원적인 반도체로 지식을 전달하는 방법이 존재할 리 만무하다.

단 하나 가능하다면 그것은 뉴럴링크(Neuralink).

인간 두뇌의 수많은 신경 시냅스에 직접 소자를 연결하여 무수한 정보를 주고받을 수 있는 최첨단의 과학 기술.

하지만 그런 엄청난 기술은 자신이 살던 현대 세상에서도 구현되지 않는 첨단이었다.

막 웨어러블이 태동하던 시기이긴 했으나 그보다 훨씬 상위의 개념인 뉴럴링크라니!

그것은 현대인 출신인 자신으로서도 감히 상상도 할 수 없는 최첨단의 과학 기술이었기에 이토록 놀랄 수밖에 없는 것이었다.

조휘는 자신의 생각에 확신을 더하기 위해 다시 금천존신에게 질문했다.

"이거…… 혹시 머리 어딘가에 붙이는 건가?"

금천존신은 조휘만큼이나 놀라고 있었다.

"그걸 그대가 어찌……?"

"와 씨."

그렇게 심증이 확실시되자 도대체 이 달마라는 인간의 정체가 무엇인지 조휘는 더욱 궁금해 미칠 지경이었다.

이건 너무 반칙이 아닌가?

뉴럴링크라는 미래의 첨단 기술을 강호 전체에 뿌릴 생각을 하다니!

기껏 해 봐야 콜라, 햄버거, 자전거, 현가장치, 택배, 아파트 따위나 구현해 낸 자신과는 비교조차 할 수 없는 대담한 시도였다.

시공간의 제약 없이 막 미래까지 건너갔다 오고 그런 놈인건가?

"이런 걸 무림맹에 몇 개나 뿌렸지?"

"개수는 의미 없다."

"뭐?"

"달마진경을 생산할 수 있는 법보를 주었다."

"뭐, 뭐라고?"

조휘는 또다시 혼비백산할 수밖에 없었다.

중원의 지식으로 도저히 설명할 수 없어 법보(法寶)라 부르는 것이지, 그것은 분명 최첨단 미래 기술의 3D프린터, 혹은 세포처럼 분열할 수 있는 나노머신의 일종일 것이다.

"와……."

조휘는 처음으로 달마를 향한 경외심이 생겼다.

시공간을 자유자재로 오갈 수 있는 그런 엄청난 능력은 차치하고서라도, 이 정도로 철두철미하다면 차라리 인정해 주고 싶은 마음이 생길 정도.

그렇게 감탄에 감탄을 거듭하던 조휘가 갑자기 반도체 칩을 자신의 머리 쪽에 가져다 댔다.

"장착해 봐도 되는 거지? 어디에 붙이는 거냐?"

순간 금천존신의 얼굴이 극도의 두려움으로 물들었다.

"죽고 싶다면 그리하라!"

"죽어?"

의문으로 꺾이는 조휘의 고개.

"그것이 가능했다면 난 이미 수도 없이 진경을 탐했을 것이다!"

"설마 시도해 보지도 않은 거냐?"

이건 또 무슨 해괴한?

뉴럴링크 반도체를 머리에 장착하는데 무슨 놈의 허락이 필요하단 말이지?

"우리 여섯 제자들이 무슨 바보란 말인가? 달마진경을 해금(解禁)하려는 시도는 통천(通天)이 가장 집착하던 일이었다. 하지만 그의 실험체들 중 살아남은 자는 아무도 없었다."

"이걸 머리에 붙이면 어떻게 되는데?"

금천존신이 단호하게 외쳤다.

"실혼!"

그 말에 조휘는 더없이 황당한 얼굴을 했다.

실혼(失魂)이라면 영혼을 잃는다는 뜻.

반도체 따위로 영혼이 사라질 리는 없으니 실제로는 백치가 된다는 뜻일 것이다.

"달마의 의지가 허락해야 된다는 건 무슨 소리지?"

"그것은 누구도 모른다!"

거참 궁금해 미치겠네.

"무슨 짓이냐!"

"어디에 붙이면 되는 거냐고."

저 미친 소검신이 그런 엄청난 경고를 듣고도 다시 머리칼을 들추며 달마진경을 제 머리에 붙이려는 시도를 하고 있는 것이다.

"누, 누구도 예외 없이 실혼인(失魂人)이 되었다! 그대는 내 말을 믿지 않을 셈인가?"

"닥치고 붙이는 위치나 말해."

"미, 미간이다."

조휘가 망설임 없이 반도체 칩을 미간에 가져다 장착한다.

잠시 끈적거리는 느낌이 드는가 싶더니 마치 피부처럼 반도체 칩이 자신의 이마에 결착되었다.

무수히 많은 미세한 침들이 머릿속을 파고드는 느낌도 확연했다.

그 순간.

화아아아아악-

뭔가, 다른 시야가 열린다.

그렇게 조휘의 시야 전면에 투명 무색한 창 형태가 천천히 드러나기 시작했다.

〈사용자에게 적합한 언어 환경을 인식합니다.〉

〈인식 완료, 선택된 언어는 한글입니다. 패스워드를 입력하십시오. 세 차례 이상 입력을 실패할 시 사용자의 의식을 닫습니다.〉

조휘가 황망하게 굳어졌다.

시야에 투명한 창이 드러나더니 갑자기 비밀번호를 입력하라는 문구가 나타나자 조휘는 멘탈이 나가 버렸다.

"아니 이게⋯⋯."

무슨 달마의 의지가 허락해야 하느니 했던 게 고작 패스워드 락(Password Lock)이었단 말인가?

게다가 더욱 당황스럽게 만드는 것은 마지막 문장.

뭐?

사용자의 의식을 닫는다고?

말만 친절하지 실상은 백치로 만들어 죽이겠다는 뜻이나 다름이 없지 않은가?

신좌, 아니 달마 놈의 인성질을 고스란히 느낄 수 있다!

뿌드득!

조휘가 악다물며 이를 갈았다.

"이딴 게 무슨 달마진경이야!"

그런데 그때 시야에 드러나 있던 투명한 창이 갑자기 붉은 색으로 물들며 기묘한 경고음을 토해내기 시작했다.

〈*재감정 완료! 사용자의 스피리츄얼 파워가 프로그램의 평가치를 초월했습니다! 스피리츄얼 리빌드 프로그램은 오히려 사용자에게 반작용을 초래할 것입니다. 그래도 계속 진행하시겠습니까?*〉

스피리츄얼 파워(spiritual power)?

리빌드 프로그램(rebuild program)?

그제야 조휘는 뉴럴링크 칩에 적용되어 있는 프로그램의 정체를 곧바로 파악할 수 있었다.

영혼의 개조, 혹은 재구성!

간단한 문구였으나 그 소름 돋는 정체에 그야말로 조휘는 온몸에 전율이 절로 일어났다.

그렇게 조휘가 이상한 반응을 보이자 금천존신이 가득 호
기심을 드러냈다.

"왜 그러는가?"

온몸이 식은땀으로 흥건한 채로 조휘가 악다구니를 썼다.

"이건 달마의 경서(經書) 따위가 아니야!"

"허면?"

상대의 의도가 너무 명백하고 노골적이라 사실 깊게 생각
할 필요도 없는 일이었다.

영혼 혹은 영력의 재구성?

말만 그럴싸할 뿐, 사실상 이건 음식에 뿌리는 후추와 비슷
한 개념이었다.

인간의 영혼을 가장 섭식(攝食)하기 좋은 형태로 변환하려
는 의도!

본인에게는 불순물과 같은 인간 본연의 사념들을 모조리
삭제하고 순수한 영적 에너지만 취하거나, 오히려 그 반대로
인간의 희로애락을 극대화하여 더욱 강렬해진 영혼을 취하
겠다는 뜻일 수도 있을 것이다.

어찌 되었든 수많은 인간의 영혼들을 본인에게 이로운 형
태로 변환시켜 처먹겠다는 뜻!

그런 조휘의 설명을 모두 들은 금천존신조차도 깜짝 놀라
되묻고 있었다.

"그, 그럴 리가 없다! 위대한 그분께서 강림하시려는 건 도

탄에 빠진……!"

"야, 거기에 무슨 명분이나 신념 같은 거 가져다 붙이지 마라. 너부터 소멸시켜 버릴 테니까."

금천존신도 인간이다.

인간성이 아무리 희미해졌다고는 하나 무수한 인명들의 영혼을 통째로 처먹겠다는 의도를 지닌 존재를 천 년 이상 모셔 왔다는 것은 그에게도 받아들이기 힘든 충격이었다.

분명 달마는 도탄에 빠진 인세를 구원하기 위함이니 하는 그런 꿀 바른 소리를 해 댔을 것이다.

점점 이를 가는 금천존신.

자신에게 신좌의 길을 열어 주겠다던 약속도, 혼란과 절망에 허우적거리는 속세인(俗世人)들을 각성(覺醒)시켜 다른 좌(座)들을 견제해야 한다는 그의 신념도 모두가 허상이요 거짓이었단 말인가!

그런 거짓된 신념에 천 년 이상 놀아난 자신의 꼴이라니!

뿌득!

그런 금천존신의 분노를 살피던 조휘가 이죽거리며 그를 더욱 자극했다.

"그렇게 이를 갈아 봐야 이미 그자에게 당신은 그 효용 가치가 다한 것 같은데? 이 미친 뉴럴링크 칩…… 아니 달마진경을 찍어 내는 법보를 맹에 넘겨 버렸다며?"

"……"

"내가 볼 때 그 법보가 세상에 드러나는 것은 그의 오랜 대계(大計)의 마지막을 장식하는 축포와 같은 거야. 그런 축포의 심지에 불을 붙이는 역할이 당신이었고. 결국 불꽃이 찬란하게 터지기 시작했으니 이미 그놈의 머릿속에 당신은 없을 걸?"

"닥쳐라!"

"내기할까?"

그런 조휘의 이죽거림에 금천존신은 결국 허탈한 심정으로 고개를 내리깔고 말았다.

심드렁한 표정으로 그런 그를 한심하게 바라보던 조휘가 별안간 시야에 펼쳐진 투명한 창을 향해 윽박질렀다.

"어이, 그쪽 말대로 내가 더 이상 진행하기 싫다면 이 괴상한 패스워드 창부터 치워야 하지 않겠어?"

〈사용자 명령 확인. 스피리츄얼 리빌드 프로그램을 닫습니다.〉

곧 조휘의 시야에 드러나 있던 투명한 창이 순식간에 암전되었다.

그의 두뇌 속 무한에 가까운 신경 시냅스와 연결되어 있던 뉴럴링크도 한꺼번에 해제되며 이내 끈적끈적한 느낌만 남긴 채 툭 하고 칩이 바닥에 떨어졌다.

"아오 정말 느낌도 엿 같아."

짜직-

뉴럴링크 칩을 그대로 밟아 짓이겨 버린 조휘는 나라 잃은 표정으로 음울해하고 있는 금천존신의 멘탈을 더욱 박살 내기 시작했다.

"이렇게 빨리 탈탈 털릴 거면서 뭘 그리 악착같이 신비롭게 굴었냐? 애초에 협조만 잘했다면 이 지긋지긋한 곳에 다시 올 일은 없었잖아?"

"그만……!"

쉴 새 없이 성질을 긁어 대는 조휘를 갈기갈기 찢어 버리고 싶은 심정이 뱃속으로부터 치밀었지만, 어쩌겠는가. 자신의 능력이 닿지 않는 것을.

그렇게 화가 치밀다가도 한편으로 이미 좌에 올랐을지도 모르는 소검신에게 기대어, 영원불멸의 비밀을 갈구해 보려는 갈망이 무섭게 치솟는다.

거기까지 생각이 미치자 금천존신은 더욱 처연한 심정이 되고 말았다.

적에게조차 이런 굴종이라니!

약자의 수치를 모르는 이런 굴종의 마음이란 이미 자신의 영혼 깊이 새겨진 낙인(烙印)과도 같은 것이란 말인가!

결국 그런 수치심이, 오래전에 잊고 있었던 금천존심의 자존감을 되찾게 해 주었다.

그렇게 한 사내의 마음을 천 갈래 만 갈래로 찢어 놓고서도 이미 조휘는 바깥세상을 향한 걱정에만 골몰하고 있었다.

"그래서 무림맹이었단 말이지."

물론 유일신을 믿는 절대존명 체제의 마교도 좋은 선택이었을 것이다.

모든 교도들의 이마에 저런 칩을 박아 넣는 것은 교주의 명령 하나면 끝나는 법이니까.

하지만 입장을 바꿔 만약 자신이었다고 해도 무림맹을 선택했을 것이다.

아무리 마교가 유일신을 철저하게 믿는 종교 집단이라고 하나 그 세력은 중원의 북부를 장악하고 있는 정파무림과는 비교도 되지 못했다.

물론 십만(十萬)이라는 어마어마한 교도를 확보한 집단이었으나, 반대로 보면 그 십만이라는 틀에서 결코 벗어나지 못함을 의미하는 것이었다.

신강(新疆)이라는 척박한 땅에 똬리를 틀고 있는 한계.

반면 무림맹은 맹도들의 수만 헤아린다 해도 팔십 만이라는 어마어마한 숫자다.

거기에 구파일방이 각자 거느리고 있는 속가문파, 수를 헤아리기 힘든 무관들, 해마다 늘어나는 빈객과 향화객, 이권으로 얽혀 있는 무수한 사업체 즉 표국 등을 다 합한다면 무림맹의 영향력이 아우르는 숫자는 수백만, 아니 천만 단위를 넘어갈 것이었다.

그런 엄청난 영향력과 권위를 앞세워 입맹하는 모든 맹도들에게 무림 최고의 보물이라 할 수 있는 달마진경의 열람을 약조한다면?

멀리 볼 것도 없이 당장 일 년 내에 맹도들의 수가 수십 배로 불어날 것이 자명했다.

게다가 저 뉴럴링크 칩의 시스템이 말하는 스피리츄얼 파워가 한계치까지 개방된 맹도들에게 어떤 이능(異能)이나 초능(超能)이 나타난다면?

맹도들이 그런 신위를 드러내면 드러낼수록 장강 이북의 사람들은 모두 들고 일어나 열광하기 시작할 것이며, 이에 무림맹으로 유입되는 맹도들의 수가 걷잡을 수 없이 증폭될 것이 자명했다.

생각이 거기까지 미치자 조휘는 사무치는 불안감에 몸서리가 쳐졌다.

그렇게 들불과 같이 일어난 중원 북부의 집단 움직임이 장강 이남으로 남하(南下)하는 것은 단지 시간문제일 뿐.

심지어 그 엄청난 파문은 자신의 조가대상회에까지 영향력을 끼칠 것이다.

이제 막 떨치기 시작한 조가대상회의 명성을 압도해 버리는 정파의 저력!

달마진경은 그야말로 중원 무림의 모든 흐름과 판도를 일거에 뒤집을 수 있는 게임 체인저(game changer)로서의 면

모를 유감없이 드러내고 있는 것이었다.

"와…… 진짜 노답이네."

당장 몇 달 이내에 뉴럴링크 칩에 의해 엄청나게 증폭된 영력을 지닌 천만 단위의 사람들이 신좌의 먹잇감이 될 것을 생각하니 그야말로 눈앞이 깜깜해져 미칠 노릇이었다.

도무지 어떻게 대처를 해야 될지 갈피조차 잡을 수 없었다.

"하…… 무슨 신좌의 약점 같은 건 없나?"

더욱 음울한 얼굴로 고개를 숙이고 마는 금천존신.

"신(神)에게 그런 것이 있을 리가……."

답답한 마음에 영계의 존자 어르신들에게 자문을 구해 보려고 해도, 이상하게 공허의 주계만 들어오면 그런 영계와 완전히 단절이 되고 말았다.

"……나와 신좌를 비교하면 어때? 너는 알 거 아니야?"

달마의 오롯한 힘이라면 제자인 그가 가장 잘 알고 있을 터.

금천존신은 생각할 것도 없다는 듯이 단칼에 대답했다.

"비교가 무의미하다."

"그 정도라고?"

"그가 가볍게 의지만 일으켜도 넌 소멸되겠지. 일초지적(一招之敵)이라는 말조차도 무색하다."

"허……."

그의 제자들인 육존신쯤은 가볍게 찜 쪄 먹을 수 있는 이런 경지로도 그의 일초지적이 될 수 없다고?

"이해할 수 없군."

"뭐가?"

금천존신이 한껏 기이한 눈초리를 빛내며 조휘를 직시했다.

"이곳이 좌의 최종 시험대라면, 저 탑의 시험을 통과하고 그와 같은 경지의 좌(座)가 되면 말끔하게 해결될 일이 아닌가?"

"에이 씻팔, 그건 죽기보다 싫다니까!"

더욱 답답함을 호소하는 금천존신.

"도대체 왜인가? 그것은 인간의 도정으로 닿을 수 있는 가장 완벽한 초월(超越)이다. 필멸자의 도정을 완전히 끝내고 영원불멸의 우주적인 불멸자로서 오롯해진다. 불멸(不滅)이라는 그 단순한 단어에 함의(含意)된 엄청난 힘을 아직도 모르겠단 말인가?"

"……."

"그 어떤 초월적인 위력의 힘도 그대에게 닿지 않는다는 의미다."

"너 단단히 오해하고 있군."

순간, 조휘의 얼굴이 지옥의 야차처럼 참혹하게 구겨졌다.

"애초에 우린 모두가 불멸자(不滅者)다! 우리에게 필멸자(必滅者)라는 굴레를 덧씌운 것은 그 빌어먹을 법칙일 뿐이라고!"

"그, 그게 무슨 소리지?"

"바보 같은 놈! 인간의 영혼은 원래부터 사라지지 않아! 다만 윤회를 반복할 뿐이지! 그런 인간에게 기억의 단절, 즉 '기망(記忘)의 율(律)'로 장난을 친 건 모두 '놈들'의 유희다!"

"뭐, 뭐라고!"

결코 생각해 보지 못한 발상이었다.

그저 위대한 존재들이 인간들을 필멸자라 칭했기에 단 한 번도 의심해 보지 못한 것이었다.

생각해 보니 과연 그럴싸하다.

단순히 육체의 수명이 다한다 하여 그것을 필멸(必滅)이라 말할 수 있을까?

쉴 새 없이 환생을 반복하는 인간의 윤회 역시 어찌 보면 불멸(不滅)일 것이다.

"육체의 소멸은 오히려 그들이 결코 손에 쥘 수 없는 사람만의 축복이라고! 사람은 수많은 생을 반복하여 영혼의 기질을 단련할 수 있다! 그 미욱한 좌(座)들보다도 오히려 더 강력한 무기를 지닌 셈이지!"

"아아!"

"우리 인간, 우리 사람 모두의 비원(悲願)이 있다면! 우리에게 '기망의 율'이라는 저주를 내린 그놈을 죽여 우리 사람의 본질을 되찾는 것이다!"

순간.

화아아아아아아악!

조휘의 전신에 태양과도 같은 엄청난 광휘(光輝)가 서린다.

조휘는 전신에 드러나 작열하고 있는 광휘를 무심히 바라보면서 고개를 갸웃했다.

잠깐?

이런 우주적 대비밀을 내가 어떻게 알고 있지?

금천존신이 그런 조휘를 멍하니 응시하다 그대로 바닥에 엎어졌다.

"아…… 아……!"

소검신에게서 너무나도 익숙한 존재감이 느껴진다.

그것은 자신이 평생토록 결코 닿을 수 없었던 이상(理想)이요, 꿈(夢)이었으며, 비원(悲願)이었다.

이어 그의 잇새에서 신음처럼 흘러나온 비음.

"좌(座)……."

조휘의 전신에 서린 형언할 수 없는 찬란한 광휘가 그대로 쑥 하고 뽑혀져 나가더니 이윽고 머나먼 탑(塔)을 향하기 시작한다.

광휘가 탑의 하단부 석판에 그대로 스며들자.

하나의 존귀한 이름이 드러났다.

그것은 인간의 발음 체계로는 읽을 수 없는, 오직 조휘의 의식으로만 해석할 수 있는 이름이었다.

"흐음……."

일야만략화접 홍예는 소검신이 내어 준 붉은 수실을 물끄러미 응시하고 있었다.

대재앙이 일어나기 전 폭풍 전야와 같은 당금의 강호에서 더 이상 평범한 방식으로는 살아남을 수가 없었다.

상상할 수도 없는 미지의 고수들이 활동하는 것을 직접 목격하기도 했고, 또 실제로 그들의 힘에 이용당하기도 이미 여러 차례.

흑왕부에서 보았던 조휘의 상상 밖의 신위는 무척 충격적이었으나, 한편으로 홍예에게는 새로운 희망이기도 했다.

야접에 위기가 닥칠 시 소검신에게 보호받는 것을 한 차례에 그칠 것이 아니라, 차라리 조가대상회의 하부 조직이 되어 생존을 도모하는 편이 더욱 현명한 판단이라 여긴 것이다.

물론 이런 자신의 판단이 지옥의 아가리 속에 머리를 들이미는 행동이 될지, 재앙 속에서 야접을 구원해 줄 동아줄이 될지는 아무도 예상할 수 없었다.

"뭐…… 이제 지붕 수리는 더 이상 안 해도 되겠네."

스스로도 황당했는지 피식 웃음이 터져 나오고 마는 홍예.

이 와중에도 수리비가 굳었다는 얄팍한 마음이 드는 걸 보면 나도 어쩔 수 없는 장사꾼인 건가.

"야, 너 뭐야?"

"호오 여기 있었네."

건들거리며 다가오는 백화린과 진가희.

야접의 모든 정보 자산들을 통째로 조가대상회에 들고 방문한 홍예를 부회장 제갈운은 버선발로 환영했지만 불행하게도 조가대상회의 여인들은 아니었다.

진가희는 홍예가 꼭 쥐고 있는 붉은 수실을 손가락으로 가리키며 안 그래도 희멀건 얼굴을 더욱 창백하게 굳혔다.

"아무리 봐도 그건 조휘 오빠 장포 자락에 매달려 있던 수실 같은데? 너 뭐야?"

아니꼬운 표정으로 연신 의심의 눈초리를 빛내며 자신에게 다가오는 진가희를 향해 홍예는 따뜻하게 웃어 보이며 예를 차렸다.

"흑천련에 훌륭한 여류 고수가 있다더니 그게 바로 당신이군요. 그렇지 않아도 독매홍이라는 별호는 기이하다 생각했어요. 차라리 목련이라면 모를까."

"뭐, 뭐야."

먼저 내가 욕을 쳤는데 친근하게 미소 지으며 예를 보인다고?

그것도 새뽀얀(?) 자신의 얼굴을 칭찬하는 듯 목련이라 부르면서?

"언니라고 불러도 될까요?"

여인들의 서열 정리란 이토록 단칼에 이뤄지는 법.

그제야 진가희는 흡족한 얼굴로 배시시 웃었다.

"호호, 그래. 그러렴."

"네 언니!"

그런 둘의 모습을 지켜보던 백화린이 한심하다는 듯 진가희를 바라보며 혀를 찼다.

"쯧쯧, 순진한 년. 네년은 어찌 된 게 그놈의 정표(情表)를 눈앞에서 보고도 병신같이 희멀겋게 처웃냐."

"네 언니?"

"어휴 답답한 년. 보고도 몰라? 천하의 소검신이 막 아무년한테나 저런 정표를 건네는 놈이야? 사내가 여인에게 정표를 내어 주는 게 뭘 의미하겠어?"

"아악! 씨발!"

진가희의 머릿속에 상상도 하기 싫은 장면이 떠오른다.

여인의 새하얀 다리 사이, 이부자리에 맺힌 새빨간 선혈.

부드럽게 웃으며 그런 여인의 머리를 끌어안고는 미래를 약속하는 사내.

상기되어 홍시처럼 붉어진 얼굴로 사내의 정표를 받아 드는 찢, 찢어 죽일 년!

"이런 개 쌍! 너 오빠랑 잤냐?"

"오, 오해예요!"

백화린이 피식 웃으며 조소했다.

"오해는 무슨 놈의 오해. 그놈에게 둘째 부인이라도 약속받은 거겠지. 그 정도가 아니고서야 천하의 야접을 통째로 바치겠어?"

"아, 아니라니까요!"

"닥쳐 샹년아. 이게 어디서 혀를 놀려? 나도 아직 못 먹은 놈을 중간에서 꿀꺽해? 참으로 요사스러운 년이네."

"머, 먹다뇨! 제가 뭘……?"

"안 되겠다 넌. 그냥 맞고 시작하자. 야, 잡아."

"네 언니!"

진가희가 홍예에게 다가가 채찍으로 그녀의 팔다리를 묶어 구속하려 들자, 처마 밑 그림자에서 은밀히 은신하고 있던 그녀의 수신호위 야월혼(夜月魂)이 스르르 신형을 드러냈다.

"더 이상의 무례는 용납하지 않겠소."

"어맛! 깜짝이야!"

기다란 반월도를 손에 든 웬 칙칙한 귀신 같은 놈이 갑작스럽게 나타나니 백화린이 한껏 긴장으로 굳어졌다.

"뭔가 뒤통수가 찌릿찌릿한 느낌이 들더니 그게 당신이었어."

화경에 이른 자신의 감각권 내에서도 기척을 숨길 수 있었다는 것은 그의 경지가 자신보다 상위라는 뜻.

더욱이 이 정도 수준의 고도로 정제된 살기는 출도한 이후 처음 경험하는 종류였다.

"지존의 몸에서 손을 떼시오."

진가희도 상대에게서 범상치 않음을 느낀 듯 채찍을 풀며 천천히 뒤로 물러났다.

"호위 하나는 기똥찬 놈으로 구했네? 하여간 불여우처럼 음기로 가득 찬 년들은 항상 이렇게 사내를 끼고 다녀요. 나도 여인이지만 내가 이래서 여자를 못 믿는다니까?"

"그, 그게 도대체 무슨 논리죠?"

대체 호위를 데리고 다니는 것이 왜 불여우 같은 행동이 되는 건지, 또 왜 같은 여자로서의 신뢰를 깨는 행동이 되는지 모르겠으나 그런 상대의 무논리에는 도무지 막힘이란 없었다.

"하? 잘 봐봐. 언니가 예뻐 안 예뻐?"

저 사파의 무시무시한 악녀가 두 눈에 쌍심지를 켜고 으름장을 놓는다.

대체 누가 그녀의 면전에서 못생겼다고 말할 수 있단 말인가.

뭐 실제로도 아리따운 얼굴이기도 했다.

"⋯⋯예쁘시네요."

"그치? 이런 나도 평생 호위 없이 다녔어! 그런데 네가 뭔데 저런 잘생긴 자의 호위를 받고 있냐고! 이게 다 네년이 암내 폴폴 풍기면서 다니니까 그런 거 아니야!"

"아니 제가 무슨 암내를⋯⋯."

그때, 갑자기 하늘 위 상공 쪽에서 혀를 차는 소리가 들려온다.

"쯧쯧, 어떻게 넌 그런 아무 말 대잔치를 그렇게 뻔뻔한 표정으로 할 수 있는 거냐."

진가희의 얼굴이 화색으로 만연했다.

철검 위에 서서 오연히 팔짱을 끼고 있는 조휘를 발견한 것이다.

"조휘 오빠!"

하지만 그런 반가움도 잠시 금세 진가희의 표정이 표독스럽게 변해 갔다.

곧 그녀가 홍예를 삿대질하며 고함쳤다.

"오빠! 이년이랑 잤어? 안 잤어?"

"너넨 왜 항상 상상이 그쪽으로만 치우치냐?"

그런 조휘의 반응에 백화린이 그럼 그렇지 하는 표정으로 고개를 끄덕였다.

"잤네. 잤어."

조휘가 상대하기도 싫다는 듯 백화린의 시선을 외면하다 이윽고 홍예와 야월혼을 번갈아 쳐다봤다.

"무슨 의미지?"

일야만락화접을 호위하는 야월혼은 결코 대수롭지 않은 일로 몸을 드러내지 않는다.

대부분의 조직에서는 지존을 호위하는 수신 호위의 무공 수위를 철저하고 비밀스럽게 관리하는 것을 원칙으로 하고 있었다.

지존의 수신 호위란 절체절명의 순간을 대비한 최후의 패였기 때문이다.

그런 최종 병기가 여인들의 실랑이 따위의 가벼운 사안에 몸을 드러냈다는 것은 이 조가대상회를 더 이상 남으로 여기

158 무림에서 11
돌아왔다

지 않는다는 의미.

조휘의 궁금증은 그런 야월혼의 행동에 기인한 것이었다.

"야접의 모든 정보 자산을 제갈 부회장님께 일임했어요."

"운(雲)이한테?"

"네."

신중히 생각에 잠겨 있던 조휘가 더욱 복잡한 표정을 지어 보였다.

"왜 그런 판단을 내린 건지는 알 것 같은데. 한 세력의 휘하 가 된다는 건 득도 있는 반면 많은 것을 잃을 수도 있다는 것 을 분명 모르진 않을 테고. 충분히 고민은 하셨고?"

"생존보다 더한 득(得)이 있나요?"

피식 웃어 버리는 조휘.

"그 정도 각오면 뭐."

곧 그가 두 팔을 너르게 벌리며 활짝 웃었다.

"환영한다."

그런 조휘의 살가운 반응에 백화린이 진가희의 귓가로 속 삭인다.

"저것 봐 저것 봐. 잤다니까?"

"어, 언니!"

귀신들은 다 뭐 하나.

저년들 안 잡아가고.

고개를 절레절레 젓던 조휘가 철검을 탄 채로 그대로 대회
의장으로 나아갔다.

그렇게 조휘가 대회의장으로 들어서자 가장 눈에 띄는 사
람은 한설백이었다.

그가 이 자리에 있다는 것은 본인의 의지로 대석빙고를 나
왔다는 의미, 즉 폐관을 끝냈다는 뜻.

"형님?"

절대빙인이 되기 전까진 죽어도 폐관을 끝내지 않으리라
호언장담했던 한설백이었다. 하지만 아무리 살펴봐도 아직
그의 경지는 화경(化境).

163

그런 조휘의 의문을 읽었는지 한설백이 담담히 웃으며 자리에서 일어났다.

"만년빙정이 아무리 천하에 다시없을 보물이라고는 하나 절대(絕大)라는 것은 단순히 보물을 취한다고 해서 오를 수 있는 경지가 아니더군."

"음……."

그것은 맞는 말이다.

차라리 강호를 주유하며 많은 것을 경험해 보는 편이 오히려 경지에 이르는 데 더욱 도움이 될 수 있었다.

"허면……."

"걱정하지 마라. 석 달은 너끈히 쓸 수 있을 만큼의 얼음을 대석빙고에 가득 채워 놓고 왔으니까."

조휘가 그제야 안도하며 한설백과 계속 담소를 이어 가고 있을 때, 그의 동료들이 속속들이 대회의장에 도착했다.

가장 먼저 제갈운이 조휘에게 다가와 그간에 있었던 일들을 보고했다.

"무림맹도가 백만을 넘어섰다."

백만?

맹이 달마진경을 공표한 지 얼마나 지났다고 그새 이십만이 늘어 백만을 돌파하다니!

이건 너무나 비상식적인 속도다.

조휘가 뭔가를 짐작한 듯 눈을 빛냈다.

"달마진경의 정수(精髓)를 깨우친 맹도들이 등장하기 시작했나 보네."

대답은 남궁장호가 했다.

"놀라지 마라. 갓 입맹한 삼류 무사들 중 몇몇이 단숨에 지고한 법력을 구사했다."

불세출의 도인들에게서나 목격되었던 신비의 힘 법력(法力)을 일개 삼류 무사들이 발휘했다고?

"목격된 신위로 미뤄 볼 때, 그들의 힘은 능히 화경에 비견될 수 있다는군."

"도대체 얼마나?"

"당장은 수백 명 수준이다. 앞으로 훨씬 늘어나겠지."

화경 이상의 법력을 발휘할 수 있는 무사가 수백 명이나 늘어났다고?

강호의 일로만 따진다고 해도 세력의 판도가 바뀔 만한 일이다.

"그런 소문이 천하로 퍼지자 맹도 십만이 늘어나는 데 고작 사흘도 걸리지 않았다. 이 추세면 아마도 강북의 무인들 전체가 입맹할 것이다."

"아니, 결국 강남인들도 북상하기 시작할 거야."

"강남까지?"

강남인들을 달리 말하면 사파(邪派)다.

맹이 그런 사파인들을 받아 줄 리가 없는 것이다.

"억측이다. 맹은 사마외도 무리들의 입맹을 결코 허락하지 않아."

"아니. 모두 받아 줄 거다."

"뭐라고?"

사파인들을 향한 정파인들의 배타성을 누구보다도 잘 알고 있는 남궁장호였다.

하지만 천하에 명석한 두뇌를 지닌 조휘가 저렇게 단호하게 말할 정도라면 반드시 그 근거가 있을 터.

제갈운이 한껏 긴장한 얼굴로 조휘에게 물었다.

"달마진경을 사파의 무사들에게 뿌려 대면서까지 맹이 하고자 하는 게 뭐야?"

"섭식(攝食)."

조휘는 금천존신에게 얻은 정보를 토대로 동료들에게 간략히 무림맹의, 아니 달마의 의도를 모두 설명해 주었다.

"미, 미친! 말도 안 돼!"

"그럴 수가!"

마치 강호의 종말처럼 여겨지는 엄청난 재앙을 조휘의 입으로부터 확인하자 동료들은 하나같이 경악에 경악을 거듭할 수밖에 없었다.

한 번도 신좌니 달마니 하는 강호의 비밀을 들어 본 적이 없는 한설백이 가장 놀라고 있었다.

"천하에 그런 위험한 존재가……."

그것은 북해인들이 겪었던 새외대전 따위와 비교조차 되지 않는 거대한 규모의 재앙이었다.

그런 조휘의 주장을 현실로 받아들이기조차 힘들 지경.

"하급 맹도들 중에서 팔무좌 수준의 절대경이 출현한다면 모든 것이 끝장이야. 아무래도 강제로 사람들을 가둬야만 할지도 모르겠다."

"사람들을 강제로 가둔다고?"

조휘가 품 안의 장부를 꺼냈다.

"강서성주와 안휘성주를 만나 백성들의 호수(戶數)를 살피고 오는 길이다. 안휘와 강서의 모든 백성들과 조가대상회의 직원들, 거기에 남궁, 사마, 당가의 고수들과 그 방계까지 모두 합해 보니 대략……."

모두가 긴장하며 조휘의 입만 살핀다.

"그것만으로도 오백만 명이다."

고작 안휘와 강서만을 살펴 그 수를 헤아렸음에도 오백만 명을 가볍게 넘어 버리다니!

조휘를 도와 천하인을 구원하려는 남궁장호의 대의(大義)가 한순간에 무너지고 말았다.

"여, 여유가 겨우 백만 명 남짓이라니!"

조휘가 쓰게 웃었다.

"그마저도 장삼봉 진인의 혜안이 아니었다면 불가능했을 일이다."

이어 허공의 한 점을 바라보는 조휘.

"그리고 소개할 사람이 있다."

우우우우웅─

기이한 공명음과 함께 공간이 찢어지자, 한 사내가 상상조차 할 수 없는 존재감을 드리우며 나타난다.

온몸에 작열하는 금광을 드리우며 허공에 현신한 자.

그 아득한 경지를 감히 짐작조차 할 수 없을 만큼, 그야말로 절대적인 존재감이 사위를 짓누르고 있었다.

모든 의문들이 조휘를 향하자.

"인사해. 난 그냥 '황금이'라 부르기로 했다."

황금이(?)가 이제는 잦아든 금광을 떨쳐 내며 조휘의 전면에 다가오더니 그대로 공손히 고개를 조아렸다.

"신(臣) 금천(金天), 이렇게 현세에서 주군을 뵈오니 참으로 기쁘기 한량없사옵니다."

모두가 어안이 벙벙한 얼굴로 황금이(?)를 바라보고 있었다.

한낱 인간으로 태어나 고귀한 좌(座)에 오르는 광경을 직접 눈앞에서 목도한 금천존신.

그 후 그는 신좌에게 직접 하사받은 존신(尊神)의 휘호를 망설임 없이 버렸다.

그것은 신좌를 통하지 않고도 좌에 이르는 또 다른 길을 목격했기에 내린 결단.

또한 적어도 소검신은 모든 사안에 대하여 가감 없이 진실했다.

그의 가벼운 언행 사이에서도 깊은 철학과 신념이 느껴졌다.

특히나 인간의 필멸(必滅)에 대한 그의 독특한 해석.

그런 그의 시각은 가히 정수리가 꿰뚫리는 듯한 충격이요 신선한 영혼의 울림이었다.

그렇게 소검신과 함께한 삼천 년.

자신의 많은 것이, 아니 모든 것이 바뀐 시간이었다.

그야말로 천지를 드리우는 의념의 파동력(波動力).

회수하고 남은 의념의 잔존만으로도 천하를 모두 집어삼킬 수 있을 것만 같은 전능감이 느껴진다.

이것이 저 위대한 존재, 소검신으로부터 배운 진정한 극의 념계(極意.念界)였다.

"꺄아아아악!"

조휘를 쫓아 대회의장으로 들어서다 그런 금천을 발견한 홍예가 뾰족한 비명을 지르며 주저앉았다.

얼마나 두려웠는지 금천을 보자마자 온몸을 사시나무 떨 듯 떨며 그대로 주저앉아 버린 홍예.

이내 의문 가득한 조휘의 시선이 그녀에게 향했다.

"왜 그러지?"

"그, 그자잖아요!"

"그자?"

홍예가 자신의 머리칼을 들추었다.

마치 머리를 통째로 움켜쥔 듯한 시뻘건 손자국.

그것은 흡정요개술(吸精妖開術)이라는 법술로 추정되는 흔적이었다.

"본 녀의 기억을……!"

"음."

그제야 조휘도 생각난 듯 묘한 표정으로 굳어졌다.

"홍예의 기억을 훔친 자가 너였냐?"

"그저 신(臣)의 미욱한 시절에 벌인 행위이옵니다."

조휘가 매섭게 금천을 노려보다 다시 무심히 입을 열었다.

"무슨 정보가 필요했던 거냐."

"원도(原道)의 흔적을 찾고 있었사옵니다."

"장삼봉? 왜지?"

"모르옵니다. 그저 그의 명을 따랐을 뿐입니다."

"또 그 대답이냐."

이 황금이 놈을 추궁할 때면 언제나 그 끝은 '모릅니다. 그 저 그의 명을 따랐을 뿐입니다.'만 반복될 뿐이었다.

도무지 자의식이라고는 눈곱만큼도 없는 놈 같으니!

이젠 그가 천 년 이상 살아온 고귀한 영력을 지닌 존재가 맞는지 의심이 생길 정도였다.

남궁장호가 아직도 두근거리는 가슴을 겨우 진정시키며 조휘를 향해 조심스레 묻는다.

"도대체 이분은 누구……."

조휘가 시리도록 투명해진 얼굴로 담담히 말했다.

"육존신의 네 번째."

"육존신(六尊神)?"

"달마, 아니 신좌의 네 번째 실험체이자 그의 제자다. 금천존신이라 불렸던 이지."

차아아아앙!

남궁장호가 쩍 벌어진 입으로 경악하며 검을 빼 들었다.

한껏 긴장하며 엄정하게 기수식 자세를 취한 그가 거칠게 입술을 짓씹었다.

"중원을 멸망으로 이끌던 자의 휘하가 아니냐! 어찌 이런 자를!"

"개과천선했으니 용서해 줘. 어쨌든 이제 내게 속한 '존속'이니까."

"존속……?"

조휘가 아무리 세력의 종주라고 해도 부하를 칭할 때 '수하' 혹은 '휘하'라고 부르는 것이 합당하다.

부모나 선대가 아닌 이상 아무리 부하라 할지라도 함부로 존속(尊屬)이라 부를 수는 없는 것이다.

한데 금천의 반응이 기이하다.

오히려 희열에 몸을 떨며 자신을 존속이라 칭해 준 조휘를 향해 오체투지하고 있는 것이다.

"위대한 존재께서 본 신을 그토록 귀히 여기고 계셨다니

171

일생의 홍복으로 여기겠사옵니다. 제 영혼이 사멸하는 그날까지 더욱 충심으로 모시겠사옵니다."

가히 자신의 영혼까지 바칠 기세!

그것은 단 한 점의 가식도 느껴지지 않는 존속으로서의 완벽한 낮춤이었다.

아무리 무림이 약육강식의 세계라지만 이 정도 굴종은 과해도 너무 과한 것이 아닌가?

그런 금천을 바라보며 남궁장호는 그가 마치 신을 추앙하는 신도처럼 느껴졌다.

남궁장호가 더욱 의혹의 눈초리로 조휘를 쳐다보았다.

"도대체 네놈은 이런 엄청난 자를 무슨 수로 포섭한 것이냐?"

오체투지한 채로 남궁장호를 올려다보며 그 눈빛에 기이한 열기를 발하고 있는 금천.

"신, 더 이상은 지켜보기가 힘드옵니다. 감히 불멸의 신성(神性)을 이룩하시어 위대한 우주의 율법으로 좌가 되시……."

"닥쳐. 그 입 찢어 버리기 전에."

조휘의 얼굴이 흉신악살처럼 일그러진다.

자신은 결코 그 빌어먹을 좌가 아니었다.

가장 큰 증거로, 자신이 지금 이렇게 중원에 존재하는 것부터가 말이 되지 않았다.

우주의 율법에 따르면, 불멸의 신성을 이룩하여 좌에 오른 존재는 혼세일계에 그 위력을 행사할 수 없는 머나먼 차원으로 그 존재력이 격리된다고 하지 않았는가?

하지만 이렇게 자신은 멀쩡히 중원에 돌아왔다.

공허의 주계를 관장하는 '미지의 힘'이 어찌하여 자신의 이름을 석판에 새겼는지는 몰라도, 다른 차원으로 격리되지 않은 점 하나만으로도 자신은 결코 좌가 될 수 없었다.

그러나 과연 모두 그렇게 생각할까?

-휘아야.

더없이 자애롭게 자신을 부르는 목소리.

검신 사부의 영음은 여느 때보다 사뭇 따뜻했다.

-우리 모두가 느끼고 있다.

그런 사부의 더없이 따뜻한 음성에도, 조휘는 결코 냉랭한 표정을 풀지 않았다.

"무엇을 말입니까."

-너를 중심으로 공명(共鳴)하는 천하(天下)를 진정…….

"그만, 그만하십시오."

당사자인 자신이 왜 모르겠는가.

풀 한 포기, 흩날리는 바람, 그야 말로 천하의 모든 생령(生靈)들의 의지가 자신과 공명하고 있었다.

가벼운 의지만 일으킨다면 그런 모든 생령들의 공명하는 파동을 조종할 수 있을 것이다.

신좌가 어찌하여 불과 물, 바람 따위로 제자들에게 현신할 수 있었는지 곧바로 이해될 정도로, 그것은 의념과는 차원을

173

달리하는 또 다른 경지의 세계였다.

하지만 확실히 신좌와는 다르다.

이렇게 자신의 본체가 좌들의 세상이 아닌 이곳 중원에 존재하는 것만으로도, 그들과 자신은 철저하게 종(種)이 다른 것이다.

-허면 휘아야. 우리의 각오도 부정할 셈이냐.

잔뜩 일그러진 얼굴로 입술만 깨물고 있는 조휘.

-직접 보아라! 돌아온 후로 너는 왜 한 번도 영계를 직시하지 않는 것이냐! 너는 이미……!

"사부님. 제발요."

조휘는 결국 뚝뚝 눈물을 흘리고 말았다.

이미 알고 있었다.

신성(神性)이 된 자신의 존재력이 너무도 강력하여, 그 힘에 영향을 받은 영계가 점차 무너져 내리고 있다는 것을.

귀암자와 천우자가 소멸까지 각오하며 막대한 영력을 법력으로 치환해 결계를 생성하였으나 그마저도 힘을 잃어 붕괴가 가속화되고 있었다.

끝내 영계가 붕괴되어 소멸한다면 저 고귀한 고대의 영령들은 모두 사라질 터.

좌는 개뿔!

사랑하는 사부님과 선조님들, 질풍처럼 살다 간 강호의 대선배들이 저렇게도 사라져 가는데도 이렇게 자신은 아무것도 할 수 없었다.

이런 무력한 자신이 무슨 신(神)이며 좌(座)일 수 있단 말인가.

-휘아야. 진정 아직도 모르겠느냐.

속절없이 눈물만 흘러내릴 뿐 조휘는 아무런 말도 할 수 없었다.

-우리 모두는 원래부터 네 존속(尊屬)이 될 운명이었단다.

"사부님…… 어찌 그런 말씀을……."

조영훈의 영혼으로 조휘의 몸에 환생했을 때, 마치 껌뻑이는 형광등처럼 어떤 미지의 지식들이 간헐적으로 점멸했다 사라지기를 반복했었다.

검신 사부의 말대로, 존자들의 영혼과 존재력이 자신과 합일(合一)되는 것은 어쩌면 그때부터 예견된 것일지도 몰랐다.

그들의 경험과 지식, 오랜 세월 닦아 온 지고한 영력이 결국은 자신에게 모두 전해져 사라지는 것은 아니지만, 그래도 그들의 본질은 소멸되는 것이 분명하지 않은가.

-오늘 우리의 종언(終焉)은 이미 오래전부터 예정된 숙명일 것이다.

그때, 마침내 영계에 균열이 일어났다.

존자들의 세계가 부서지고 있는 것이다.

그들의 세상을 이루고 있던 붉은 천장이 마치 유리처럼 산산이 깨어지고 있을 때 으름장 같은 마신의 영언이 들려왔다.

-애송이!

애송이라 부르고 있었으나 그런 마신 어른의 음성에는 걱정하는 마음과 자애로움이 가득 담겨 있었다.

-반드시 사람을 지키고 중원을 구해라! 물론 그 쳐 죽일 달마 놈도 없애 버려!

하염없이 눈물이 흘러나오는 와중에서도 조휘는 피식 웃음이 터져 나오고 말았다.

"당연히 그래야죠 누구의 명이신데요. 천하의 마신의 명이 아닙니까. 하하!"

-잊지 않고 우리 사마(司馬)를 돌봐 주어 감사하네. 결코 잊지 않겠네.

얼마 전 조휘는 사마세가와 그 방계들을 모두 지하 공동의 일원으로 맞이할 것을 천명했다.

이에 진심으로 조휘에게 고마워하는 무신의 영언이었다.

"평소 저를 그리 쪼잔한 놈으로 여기셨습니까."

어찌 되었든 조휘는 사마씨와 오랜 세월 반목했던 조씨 혈족의 직계.

허나 그는 자신에게 닿은 인연을 결코 가볍게 여기지 않았다.

-허허······.

천하를 위진했던 패왕(霸王), 조맹덕이 으스러져 가는 영계를 바라보며 허탈하게 웃고 있었다.

-애초에 신이 될 운명의 녀석에게 왕재(王才) 따위를 운운

했다니 본 왕의 안목도 이제 썩을 대로 썩었구나.

조맹덕은 더없이 후련한 심정으로 어여쁜 후손을 향해 영언을 이어 갔다.

-왜 숨겼느냐?

조휘의 되물음.

"무엇을 말입니까?"

-간사한 놈. 관우의 후손을 추적해 달라는 본 왕의 부탁을 들어주다 저놈이 익덕(翼德)의 후손임을 알아채지 않았더냐.

장일룡을 바라보며 희미하게 웃는 조휘.

"어르신의 부탁이 장비(張飛)의 후손을 찾아 달라는 것이 아니었으니까요."

쌉쌀한 어조로 이어지는 조맹덕의 영언.

-본 왕은 그에게도 참으로 몹쓸 짓을 하였다. 익덕의 후손들을 우리 조가처럼 후히 여기며 잘해 줄 것이라고 본 왕에게 약속해 줄 수 있겠느냐?

장일룡은 익덕의 후손이기 이전에 둘도 없는 자신의 친우다.

"시키지 않아도 그렇게 할 것입니다."

-운장의 후손을 보지 못하고 이렇게 사라져 가는 것이 실로 안타깝구나.

조휘가 담담히 말했다.

"어르신의 유지를 이어 가겠습니다."

-그래. 드디어 작별이로군.

쿠쿠쿠쿠쿠쿠쿠-

부서진 영계가 급격하게 수축하고 있었다.

이제 존자들의 모든 기억과 영력은 조휘에게 흡수될 것이다.

악착같이 결계를 지키던 귀암자의 영체가 타다 만 재처럼 흩날리기 시작한다.

-인간의 좌(座)이시여! 천상에 그 존귀한 이름을 새기셨다면 그 뜻을 이 몸에게 알려 줄 수 있겠소이까!

-그래! 나도 궁금하구나! 나도 그것만은 알고 가고 싶다!

조휘의 음울한 시선이 허공에 맺혀 무한한 창공을 가로지른다.

"부정(否定)하는 자(者)."

검신이 소멸되어 가는 자신의 육체를 악착같이 붙잡으며 한껏 의문을 드러냈다.

-무엇을 부정한단 말이더냐!

무심한 조휘의 입술이 다시 달싹거렸다.

"존재(存在)를 부정하는 자. 그것이 빌어먹을 제 신명(神名)입니다."

◆ ◆ ◆

더없이 자애로운 검신 사부와 조가 선조들의 목소리를 더이상 들을 수 없다는 상실감은 의외로 오래도록 이어지진 않왔다.

오히려 화가 났다.

이렇게 슬픔이라는 감정조차 무뎌진 것이, 초월적인 자신의 경지로부터 비롯된 일은 아닐까.

갈수록 사람의 인간성을 잃을 수밖에 없다면, 아무리 드높은 경지를 이뤄 본들 무슨 소용이 있단 말인가.

스스로를 향한 분노, 그런 처연한 마음으로 조휘가 온몸을 떨고 있을 때, 그의 의지와는 상관없이 존자들의 지식이 밀물처럼 밀려들어 오기 시작했다.

구술로는 도저히 전할 수 없는 삼신(三神)의 진정한 깨달음들.

스스로 군주가 되어 군벌을 일궈 내고 국가의 초석을 다진 패왕의 경험들.

고매한 법력을 구사하는 천도문의 모든 술법 체계와 도맥(道脈)의 오랜 비밀들.

엄혹한 지하상계의 생태계를 적나라하게 알 수 있는 비공(秘公)의 은밀한 지식들.

상상할 수도 없는 학문적 수양을 지니고도 어지러운 세태에 신음하며 절망했던 한 학사의 기구한 삶까지……

그것은 마치 인간의 인류사를 통째로 축약한 듯한, 그야말로 놀라운 삶의 지식이요 대영웅들의 일대기였다.

머리가 통째로 으깨어지는 듯한 두통이 물밀듯이 밀려왔

으나, 갑자기 지식의 총량이 상상할 수 없을 만큼 늘어난 탓에 조휘는 연신 희열에 몸을 떨어야만 했다.

존자들께서는 죽은 것이 아니다.

이렇게 내게서 살아 숨 쉰다.

그들이 지녔던 '사람의 열정'이, 이토록 뜨거우며 진한 향기로 내게 남아 있거늘 어찌 그들이 죽었다 할 수 있겠는가!

그렇게 조휘가 천천히 눈을 뜬다.

알 수 없는 말들을 늘어놓다가 갑자기 헤아릴 수 없을 정도로 깊고 오묘한 분위기를 풍기는 조휘를 바라보며 모든 동료들은 일제히 전율했다.

그것은 단순히 무공과 같은 존재력에 기인한 놀라움이 아니었다.

인간 자체에서 풍겨 오는 지극히 현현(玄玄)한 기운.

더없이 오묘하다.

더없이 아득하다.

수백 년 적공(積功)을 쌓고 쌓아, 마침내 인간사를 초월한 깨달음을 이룩한 현자(賢者)처럼 느껴진다.

저렇게 그윽한 눈빛으로 자신들을 바라보고 있는 것만으로도, 그야말로 온몸이 발가벗겨지는 것만 같은 착각이 들 정도.

절대자(絶對者)라는 지고한 칭호로도, 감히 그의 본질을 형용하기 민망할 정도다.

"대, 대체 뭐가 어떻게 돌아가는 거냐."

홀린 듯이 중얼거리는 남궁장호의 질문에 대답한 사람은, 조휘가 아니라 금천이었다.

"고대의 영들은 모두 소멸하였으나 우리 위대한 주(主)께 존속된 것이나 마찬가지니 그리 소란 떨 것 없다."

"그게 무슨 소리요?"

"잠깐, 잠깐만요."

제갈운의 명석한 두뇌가 금천의 말에 담긴 진의를 곧바로 파악해 냈다.

"설마 의천혈옥의 존자들께서 모두 돌아가셨다는 의미인 가요?"

"그렇다."

그때.

조휘의 목에 매달려 있던 의천혈옥이 칙칙한 검은 빛을 띠더니 이내 푸석한 가루가 되어 흩날리고 있었다.

"아아!"

털썩.

장일룡과 염상록, 강비우 등이 하나같이 처연한 표정이 되어 무릎을 꿇었다.

비록 짧은 시간이었으나 마신(魔神)은 자신들의 사부나 마찬가지였다.

그의 가르침으로 인해 자신들의 변화가 얼마나 지극했는 지를 생각해 보면 그 은혜는 아무리 갚아도 모자란 것이었다.

"이렇게 갑자기 다시 뵙지 못할 줄은……."

"마신 어른……."

남궁장호 역시 정사(正邪)를 떠나 그를 깊이 존경하고 있었기에 그 허탈함이란 이루 말할 수 없을 정도였다.

조휘가 자신의 가슴을 손으로 가리키며 단호하게 말했다.

"내게 계신다."

"무슨……?"

"그게 정말이냐?"

조휘가 다시 힘차게 고개를 끄덕인다.

"그래. 그 꼬장꼬장하고 괴팍한 천하의 마신 어른이 그렇게 쉽게 돌아가시겠냐?"

"휴……."

"다행이다! 참으로 다행이야!"

조휘는 이내 물기로 가득한 눈이 되어 힘차게 고개를 주억거렸다.

"아쉽지만 그분들이 다시 내 몸에 빙의할 수는 없다! 다만 결코 돌아가신 것은 아니니 그리 상심하지들은 마라!"

영령으로 살아 계시면서 강신할 수 없다는 조휘의 말에 남궁장호는 순간적으로는 의문이 들었지만, 이내 곰곰이 상념에 빠지더니 희미하게 웃고 있었다.

"무슨 뜻인지 알겠다."

제갈운도 가슴을 탕탕 쳤다.

"뜻이 전해진다면!"

화답하는 장일룡과 한껏 웃는 염상록.

"결코 죽은 것이 아니우!"

"와하하하하!"

험난한 강호를 살아가는 무인들답게, 그들이 추모하는 방식이란 나름의 우수와 호탕함이 있었다.

후인들의 마음에서 살아 숨 쉬는 이상, 강호의 대영웅들은 결코 죽어 없어진 것이 아니었다.

이어 조휘는, 달마진경의 진정한 정체와 신좌의 의도를 동료들에게 천천히 모두 설명해 주었다.

그렇게 드러난 달마진경의 정체.

그것은, 중원인들로서는 감히 상상도 할 수 없는 신비한 기물(器物)이었다.

"허면 그게 다 그 신좌라는 놈이 우리 사람들을 곱게 양념을 쳐서 먹겠다는 뜻이우?"

장일룡의 질문에 침중하게 고개를 끄덕이는 조휘.

"그래. 아마 본인이 가장 섭식하기 쉬운 형태로 사람들의 본질을 변화시키려는 의도겠지. 그 과정에서 사람들은 어떤 특수한 능력이 개화(開花)될 것이고 그게 바로 놈이 천하에 드리운 미끼다."

그런 조휘의 설명을 모두 듣고 있던 제갈운이 한껏 답답한 심경을 드러냈다.

"이런 내용을 강호에 공표해 본들, 믿을 자들은 아무도 없겠군요."

침중하게 고개를 끄덕이는 남궁장호.

"강호는 힘을 숭앙한다. 눈앞에 경지를 이뤄 줄 놀라운 매개(媒介)가 있는데 누가 그 유혹에서 벗어날 수 있겠나. 그들의 귀에는 아무것도 들리지 않을 것이다."

"우내삼협 어른들이나 다시 한 번 무신의 이름을 빌리는 건 어떻수?"

그것은 한 번씩 터지는 장일룡의 놀라운 심계였다.

조휘는 감쪽같이 무신(武神)으로 분할 수 있는 능력을 지니고 있었다.

그가 천신과도 같은 무신의 신위를 다시 강호에 드러낸다면 이에 감읍할 강호인들은 무수히 많았다.

한데 이제 막 대회의장에 들어서고 있던 만박자 제갈유운이 굳은 얼굴로 대답하고 나섰다.

"아니 될 말이네."

"만박자 선배님을 뵙습니다."

"선배님을 뵙습니다!"

만박자는 가벼운 손사래로 후배들의 예를 물린 후 더욱 침중하게 표정을 굳혔다.

조휘도 가볍게 예를 취했다.

"모두 들으셨습니까."

"그렇네. 달마진경에 그토록 두려운 비밀이 있었다니 실로 기경할 일이로군."

이어 대회의장으로 들어온 전 무황 청운진인도 그 얼굴에 수심이 가득 내려앉아 있었다.

제갈운이 의문을 드러냈다.

"무신의 위상을 활용하지 말라는 건 어떤 연유 때문인지……?"

무황의 엄정한 목소리가 들려왔다.

"무림맹에 명분의 빌미를 내주는 것은 너무도 위험천만한 일이기 때문이지."

"명분이요?"

순간 조휘의 두 눈이 현현하게 빛났다.

"조가대상회가 무신의 위신을 빌어 달마진경을 기어코 마물(魔物)로 규정한다면 당장 소림부터 발칵 뒤집어지겠지. 위대한 보리달마가 남긴 전설적인 보물이 마물이라는 것은 그의 가르침을 믿고 따르는 선종 전체가 이교도(異敎徒)라는 뜻이다."

"음……."

"과연 소림 선종을 따르는 무수한 종파와 속가들이 이를 받아들일 수 있을까? 무엇보다 보리달마를 숭앙하는 선종의 수많은 신도들은 과연 어떻게 생각할까?"

이어 조휘가 선언하듯 단호하게 말했다.

"오랜 믿음으로부터 비롯된 신성. 그것이 종교(宗敎)라는 집단의 마력이야. 결코 쉽게 깨어지지 않지."

좌에 이르려는 이들이 왜 그토록 자신만의 교단을 갖길 노력했겠는가.

인간의 신실한 믿음이란 이토록 철옹성과도 같은 방패가 된다.

신좌가 달마진경을 세상에 뿌리기로 마음먹었을 때는 이미 모든 준비가 끝났다는 뜻.

그런 그가 조가대상회의 방해를 예상하지 않았을 리가 없었다.

"거대해질 대로 거대해진 선종의 반발은 무당과 화산의 연대를 낳을 것이고, 그런 강력한 결속력은 결국 무림맹 전체를 대변하는 논리로 우뚝 서겠지. 그렇게 모아진 명분으로 우리 조가대상회를 압박한다면 강호는 정확히 양분(兩分)될 수밖에 없다."

조휘의 대답에 남궁장호가 되물었다.

"강호의 반만이라도 달마진경의 마수에서 건져 낼 수 있다면, 결국 결단을 내릴 수밖에 없지 않은가?"

조휘가 차가운 얼굴로 고개를 가로젓는다.

"그리 간단한 일이 아니지. 조가대상회가 양분된 강호, 즉 완벽히 강남(江南)을 대변하는 세력으로 변질된다면 더 이상 우리의 영향력은 정파 세력을 아우를 수 없다."

"음……!"

과연 가만 생각해 보니 강남은 전통적으로 사파의 권역이었다.

이제 막 정파 세력으로 발돋움한 조가대상회가 더 이상 강북에 영향력을 드리울 수 없게 된다면.

그리고 무림맹과 명분을 두고 격돌하는 모양새가 된다면.

결국 강호인들은 조가대상회를 사천회 따위와 동일시 여길 것이 분명했다.

지금까지 조가대상회가 명성을 떨칠 수 있었던 것은 판매하는 물건들의 뛰어난 상품성도 있겠으나 기본적으로 정파검종의 대영웅 검신의 적전제자라는 소검신의 강력한 명성이 있었기 때문이다.

거기에 우내삼협과 무신의 명성이 더해져 무림맹의 입지를 더욱 협소하게 만들었기에 조가대상회가 천하에 위력을 떨칠 수 있게 된 것이다.

하지만 천년 소림 선종을 부정하며 무림맹의 강북과 정확히 명분으로 양분된다면 더 이상 조가대상회는 그런 위력을 떨칠 수 없게 되는 것.

"그래서 또다시 무신의 위상을 활용하는 건 지금으로선 최악의 패다."

그런 조휘의 빈틈없는 논리를 지켜보는 만박자의 눈빛이 기이한 열기를 발하고 있었다.

물론 예전에도 소검신은 도저히 그 나이에 맞지 않는 심계를 지니고 있다고 생각했으나 오늘은 그때와는 또 다른 차원이었다.

혜안(慧眼).

그것은 명석한 두뇌에서 오는 지략과는 별개다.

오랜 경험을 통해 기른 안목이 없다면, 저렇게 곧바로 본질을 꿰뚫어 보는 혜안이 가능할 리가 없었다.

도대체 저 젊은 영웅에게 무슨 일이 또 있었단 말인가.

만박자는 왠지 그런 조휘가 점점 불가해(不可解)의 존재로 멀어져 가는 것만 같은 심정이었다.

고심하던 제갈운이 답답한 심정으로 만박자를 쳐다보았다.

"그럼 이번 일을 도대체 어떻게 풀어 나가야 되겠습니까?"

"글쎄다……."

그때, 장일룡이 조휘에게 물었다.

"그 달마진경을 찍어 내는 법보(法寶)를 우리가 없애 버리는 것이 어떻수?"

제갈운이 화들짝 놀라며 장일룡을 멍하니 쳐다보았다.

그 일이 가능하기만 하다면 저보다 단순 명쾌한 해답이 있을까?

아아, 이젠 인정할 수밖에 없다.

진짜 천재는 자신이 아니라 저 장일룡이다.

그래, 니가 제갈일룡 해라.

조휘가 금천을 차갑게 응시했다.

"그 법보를 누구에게 줬지?"

금천이 공손히 고개를 조아렸다.

"무림맹의 총군사에게 주었사옵니다."

"……제갈찬휘?"

총군사의 이름이 언급되자마자 만박자와 제갈운이 착잡해진 심정으로 또다시 쓴맛을 삼켰다.

상상할 수도 없는 거대한 신좌의 죄악에 자신들의 가문이 협조하고 있다는 것은 그들에게 너무나도 가혹한 자괴감의 시련이었다.

"그럼 맹의 군사부가 그 마물을 관리하고 있겠군."

무황이 입을 열었다.

"맹 내의 모든 지낭(智囊)이 모여 있는 군사부일세. 허투루 보관하지는 않을 걸세."

"뭐, 일단은 사자(使者)로 가 보는 거지요."

조휘가 한차례 동료들을 훑어보다 결국 남궁장호와 시선이 얽혔다.

"나와 함께 맹으로 가는 건 남궁 형이 좋겠군."

피식 웃는 남궁장호.

"본 가의 명성은 맹에 꽤 잘 먹히는 편이니까."

이를 모두 지켜보던 사마중이 미간을 꿈틀거렸다.

"천하에 사마(司馬)보다 더한 명성은 없다."

조휘가 은은한 미소를 지으며 이내 철검에 올라탔다.

"그럼 둘 다 같이 가자고."

◆ ◆ ◆

무림맹(武林盟).

오랜 전통의 구파일방과 무수한 강호 세가들이 수호자로 있는 곳.

무황의 영도 아래 백만여 명에 이르는 맹도들이 강력한 명분으로 뭉쳐진 철혈 무인들의 성지.

무림맹은 그야말로 천하 무림을 대변하는 이름이자 정파 그 자체이며, 단일 세력으로는 가장 강력한 힘을 떨치는 무력 단체라 할 수 있었다.

산서성 태원을 가로지르는 대로의 중심에는, 거대한 사자 상을 양옆으로 둔 육중한 철문이 있었으니, 그것이 바로 그 유명한 무림맹의 입구 사자군림문(獅子君臨門)이었다.

그런 사자군림문을 통과하려면 지위 고하를 막론하고 반드시 해검(解劍)해야 하며, 가문과 사문을 밝히고 방문 목적과 용무를 객첩에 기록해야 했다.

만약 사파인이라면 내공을 봉인하는 봉심갑(封心匣)을 착용해야 했고, 약관에 이르지 못한 후기지수들 또한 유력 가문의 보증이 없다면 출입이 불가능했다.

애초에 불순한 의도를 지니고는 발을 디딜 수 없는 곳.

천하를 아우르는 무림맹의 권위란 이토록 엄정한 것이었다.

그래서 사자군림문은, 부푼 꿈을 안고 상경한 수많은 열혈 청년들의 꿈을 짓밟는 곳이기도 했다.

이곳에서는 지방의 명성이란 결코 통하지 않는다.

각자의 가문과 무관이 고향에서야 강대한 명성을 떨치겠지만 강호서열록의 현실이란 실로 차디찬 법.

평생의 자부심으로 여기던 자신의 가문이, 강호 서열의 끝자락에도 미치지 못하는 차가운 현실을 강호의 청춘들은 쉽게 받아들이지 못했다.

그래서 사자군림문의 공터 앞에서는 늘 실랑이가 벌어졌으며 시시때때로 신비로운 고수들의 도전 또한 맞이해야만 했다.

진천수호대주(震天守護隊主) 하륭(河隆).

그가 바로 사자군림문을 지키는 진천수호대의 대주이며 무림맹 전체를 통틀어 일백 위 내에 드는 초극의 고수였다.

부리부리한 호목을 빛내며 매섭게 사자군림문을 응시하는 그에게로 한 부하가 소리쳤다.

"대, 대주님!"

머나먼 창공을 바라보며 경악의 얼굴로 소리치고 있는 부하 대원을 응시하며 하륭은 눈살을 찌푸렸다.

"웬 호들갑이냐."

부하 대원이 하늘을 삿대질하며 소리쳤다.

"저기 보이는 저거 말입니다! 혹시 사람이 아닙니까?"

"무슨 뚱딴지같은 소리를…… 흡!"

부하 대원의 시선을 쫓아 함께 하늘을 바라보던 하륭이 창백하게 얼굴을 굳혔다.

창공 위에 표표히 움직이는 희미한 점 하나.

처음에는 그저 철새 따위로 여겼으나 그야말로 상상할 수도 없는 의념의 파동이 사방 천지를 드리우고 있음을 느끼고서 대경실색한 것이다.

그런 창공의 희미한 점이 이내 점점 시야에 들어온다.

눈부시도록 강렬한 빛을 반사하고 있어 그 형태를 짐작하기 어려웠으나 평생을 검수로 살아온 하륭은 본능적으로 그것이 검(劍)이라는 것을 알아챌 수 있었다.

"어, 어검비행(御劍飛行)……!"

그제야 사태의 심각성을 인지한 하륭이 전 내공을 기도에 응축하더니 곧 강력한 사자후(獅子吼)를 토해 냈다.

"팔무좌급의 엄청난 고수다! 외원주님께 적의 급습을 알리고 이를 대비케 하라!"

평생을 사자군림문 수호에 임해 왔으나 팔무좌급의 무위를 보유한 고수가 무단으로 맹 내에 진입하리라고는 상상도 해 보지 못한 일이었다.

더구나 전설의 어검비행이라니!

'어검비행이라면 풍문으로만 듣던 그 소검신이란 말인가?'

그런 어검비행의 신비 고수를 전율하며 바라보는 하륭.

결코 무너지지 않는 철옹성과 같았던 사자군림문을 완전히 무력화하며 진입하는 그 광경에 그는 일종의 경외감마저 들었다.

하지만 임무는 임무!

곧 그가 대원들과 함께 질풍처럼 외원으로 내달렸다.

◆ ◈ ◆

조휘의 시야에 아홉 마리의 용이 굽이쳐 똬리를 틀고 있는 커다란 용마루가 들어왔다.

무림맹의 외원에서 가장 크고 높다란 전각.

아마도 저 거대한 대전이 구파의 저력을 상징하는 구룡대전(九龍大殿)일 것이다.

"호오…… 이렇게 하늘에서 보니 정말 장난이 아닌데."

그 거대한 규모가 조가대상회와는 급이 틀리다.

그야말로 시야가 미치는 모든 곳에 걸려 있는 무림맹의 맹기(盟旗)!

마치 한 국가의 도성을 보는 것 같은 느낌마저 들 정도였다.

과연 천하제일의 세력을 자랑하는 무림맹다운 위용!

"외원의 모든 무력대가 모여 우리만 바라보고 있다."

남궁장호가 한껏 진지한 어조로 그 얼굴에 수심을 드리우고 있었으나, 조휘의 허리로부터 이어진 밧줄에 대롱대롱 매달려 있으니, 그의 진지함은 왠지 모르게 반감될 수밖에 없었다.

"남궁 형, 좀 추워 보인다?"

"무, 무슨 소리를! 오히려 땀이 나서 속곳이 흠뻑 젖었다!"

"땀이 아니라 다른 것이 지렸겠지."

어검비행의 엄청난 속도로 인해 새파란 입술을 연신 파르르 떨고 있는 남궁장호가 왠지 모르게 처량해 보인다.

물론 천하제일가문 중천수호가의 장자 사마중 역시 별반 다르지 않았다.

"슬슬 내원 쪽에서도 무사들이 모이고 있군."

머리가 모두 뒤집어진 우스꽝스러운 모습으로 저렇게 진지한 음성을 뱉어 대니 조휘는 웃음이 나오지 않을 수가 없었다.

"하하, 일단 그 머리부터 손질 좀 하지 그래?"

"음? 아! 내 건(巾)!"

단단히 동여맨 영웅건이 빠진 것조차 몰랐을 정도로 어검비행의 속도는 그야말로 빛살을 방불케 했다.

앞으로 다시는 조휘의 어검비행을 겪지 않고 싶을 정도.

다시 조휘가 물샐틈없이 모여드는 맹도들을 무심히 응시하고 있었다.

"많이 모일수록 좋지 뭐. 시선이 몰리면 몰릴수록 손해는 우리가 아니라 저쪽이니까."

"도대체 뭘 어떻게 할 생각이냐?"

남궁장호의 질문에 조휘가 태연자약하게 대답했다.

"계속 깽판을 치다 보면 결국 무림맹의 총군사가 나올 수밖에 없지 않겠어 남궁 형? 그자가 나오면 법보를 어디에 숨기고 있는지 직접 물어보면 되지."

"아, 아니……."

남궁장호는 뭐라 항변하려다 결국 입이 꾹 다물어지고 말았다.

보통 작전이란 것이 있지 않나?

이렇게 어검비행으로 시선을 모은 후 은밀히 자신들 중 하나가 잠입하여 탐색전을 벌이든지 하는.

한데 무슨 이렇게까지 수많은 맹도들을 모아 놓고서 대놓고 법보의 위치를 물어보겠다고?

그런 남궁장호의 황당함을 읽은 듯 조휘가 그와 시선을 마주하며 실실 웃었다.

"멀리 돌아갈 필요가 있겠어? 남궁 형 이미 나는 만부부당이 가능하다고."

만부부당(萬夫不當).

흔히 표현되는 말이었으나 실제로 만 명의 용력을 감당할 무인은 존재할 수 없었다.

말이 만 명이지 숫제 백 명만 돼도 일백 초를 동시에 감당하는 것과 마찬가지.

단순한 필설이 아닌 진실된 만부부당은 그야말로 소설에서나 가능한 일이었다.

그렇기에 아직 조휘의 진정한 경지를 모르는 남궁장호는 지금의 상황을 그리 녹록하게만 여길 수 없었다.

"저들은 일반 장정이 아닌 무림맹의 무사들이다! 또한 외원의 무사들만 해도 육만, 내원은 그 세 배에 이른다! 전서구를 띄워 주변 지부들의 무력대를 모두 복귀시킨다면 사흘 내로 수십만이 모이는 것이다! 네가 홀로 이 모든 병력을 감당할 수 있다는 말이냐?"

망설임 없이 고개를 끄덕이는 조휘.

"충분히."

"뭐, 뭐라고? 미, 미친놈!"

그런 수십만이라는 병력은 단순한 숫자가 아니었다.

그들 중에는 대문파의 장로급도 수도 없이 포진해 있을 것이고, 심지어 팔무좌들까지도 포함된 숫자.

절대경, 아니 자연경에 이른 무인이라고 한들, 죽이고 죽이다 제풀에 지쳐 쓰러질 수밖에 없을 것이다.

의념의 총량에는 반드시 한계가 있을 수밖에 없기 때문.

그런 엄청난 만부부당이 가능하다면, 단 한 사람이 제국의 역량을 지닌 것이나 마찬가지가 아닌가?

사마중도 한껏 진지한 어조로 조휘를 향해 질문을 건네고 있었다.

"지금 그대의 신위가 무조(武祖)님에 비한다면 어느 정도지?"

무신(武神).

수 세기가 지나도록 천하제일인으로 군림해 온 강호의 신이자 새외대전으로부터 천하를 구한 대영웅.

"천양지차(天壤之差). 그야말로 까마득한 차이지."

이해할 수 없다는 듯이 반문하는 사마중.

"그런데도 저 모든 무인들을 상대할 수 있다고?"

조휘가 피식 웃었다.

"뭔가 착각하고 있군. 그 비교 우위에 상(上)은 내 쪽이다."

"뭐, 뭣이!"

천하제일가의 자부심으로 똘똘 뭉쳐 있는 사마중으로서는 도저히 받아들일 수 없는 망언!

"건방진! 네놈은 정녕 천지 분간을 못 하는구나! 감히 위대한 무조 어른을 한 수 아래로 격하하는 오만함이라니! 같은 신의 휘호를 새기고 있다고 하여 네놈이……!"

"시끄럽다."

조휘가 가타부타 대답 없이 지상으로 철검을 운행한다.

그렇게 구룡대전 앞, 너른 연무장의 중심에 도착한 조휘가 동료들을 내려놓고는 자신도 내려와 이내 철검을 회수했다.

소검신(小劍神)의 용모파기는 이미 천하에 유명하다.

당연히 그를 알아본 진천수호대주 하륭이 엄정하게 포권하며 입을 열었다.

"천하에 명성 높은 소검신을 뵙소. 한데 참으로 유감이오. 아무리 그대가 팔무좌의 고절한 고수라 하나 사자군림문의 법도를 깨서는 안 되는 것이었소."

"법도?"

"법도는 맹령(盟令)을 대리하는 수단. 이를 부정하는 것은 무림맹의 권위를 인정하지 않겠다는 뜻이오. 오늘부로 그대는 무림맹도들의 적이 되었다 그 말씀이외다."

"하하!"

한 차례 싱그럽게 웃던 조휘가 자신을 둘러싸고 있는 무수한 맹도들을 스윽 하고 훑어보았다.

"그럼 이제 난 어찌 되는 거지요? 그대들의 적(敵)이 되었으니 추살되는 겁니까?"

황당하다는 듯한 하륭의 눈빛.

"맹은 그런 야만적인 집단이 아니오. 그대의 신변을 구속하고 계율원으로 압송한 후, 절차와 법도에 따라 엄중히 죄를 물어 해당하는 형(刑)을 내릴 것이오."

조휘가 피식 웃었다.

"이상한 노릇이군."

조휘가 연신 의미 모를 미소로 실실거리자 하륭이 눈살을 찌푸렸다.

"무엇이 이상하단 말이오?"

고개를 갸우뚱거리는 조휘.

"뭔가 빠져 있다는 생각이 안 듭니까?"

"무슨······?"

"형(刑)을 운운하기 전에 당신들은 이 소검신을 구속할 능력이 없잖습니까?"

그런 조휘의 도발에 모든 무림맹 무사들의 눈빛이 강렬함으로 불타올랐다.

하지만 그의 말을 부정할 수가 없었다.

상대는 어검비행의 신위를 지닌 절대적인 경지의 검수.

그가 단단히 마음먹고 도주하기를 작정한다면 그를 구속할 어떤 수단도 없는 것이다.

"무릇 권력이란, 그에 상응하는 힘이 전제되어야 하는 법. 하지만 당신들의 힘은 이 소검신에게 미치지 않으니 당연히 맹령에서 자유로워야 하지 않나."

조휘를 둘러싼 맹도들이 하나같이 크게 놀라며 경악하고 있었다.

소검신은 농담처럼 흘리듯 이야기하고 있었으나 그의 말 속에 함의된 뜻은 결코 가볍지가 않았다.

천상천하(天上天下).

유아독존(唯我獨尊).

지금 저 소검신은 무림맹의 한가운데 서서, 맹의 모든 권위를 부정하며 천상천하 유아독존을 천명한 것이다.

오랜 강호의 역사 속에서 저리도 오만한 선언을 한 존재는 오직 천마(天魔)뿐이었다.

"가, 감히!"

"사마외도다! 소검신이 맹을 부정하는 사마외도를 천명했다!"

그런 맹도들의 반응에 조휘가 기가 차다는 듯한 표정을 짓다 호탕하게 웃었다.

"하하하!"

순간.

소검신이 서 있는 주변이 이상하게 변했다.

뭐라 말로 형용하기 힘들었으나 맹도들은 단지 그렇게 생각했을 뿐이었다.

그의 주변에 서린 풍경이 기이한 모습으로 일그러져 왜곡되어 버렸다고나 할까?

허나, 지금 그런 소검신의 주변에 서 있는 화경(化境) 이상의 고수들은 느끼는 감각들이 사뭇 달랐다.

남궁장호는 그대로 선 채 굳어졌다.

"이, 이게 무슨……!"

사마중은 차라리 주저앉아 버린다.

"도, 도대체가!"

구구구구구구구구……!

세상이 세차게 진동하기 시작한다.

어떤 미지의 무언가가, 그의 의념과 어울리며 마치 기쁘게 울듯 화답하고 있었다.

위대한 자연경의 경지를 직접 목도할 수 있는 가문에서 자라 왔으나, 그런 사마중에게도 이런 생경한 느낌이나 감각은 그야말로 처음이었다.

그때.

스스스스스스-

세상이 검어졌다.

쉴 새 없이 내리쬐고 있던 강렬한 태양빛 자체가 사라져 버렸다.

순식간에 천하가 암흑천지가 되어 버린 것이다.

"이봐. 무사."

하륭이 화들짝 놀라며 정신을 차렸다.

한 점의 달빛조차 없는 이런 칠흑 같은 어둠이란 그로서는 평생 처음 경험하는 신비.

악착같이 안법을 일으키며 정신없이 두리번거리던 하륭이 발악하듯 외친다.

"도, 도대체 무슨 짓을 벌인 것이오!"

조휘의 시리도록 차가운 음성이 너른 연무장을 휘감았다.

"총군사를 데려와. 모두 죽여 버리기 전에."

81章.

한낮에 태양빛이 내리쬐는 현상은 태초부터 이어진 삼라만상(森羅萬象)의 질서다.

개기일식과 같은 특별한 때가 아니라면 한낮에 태양빛이 없어지는 경우는 중원의 길고 긴 역사에 처음 있는 일.

문제는 어쩌면 자연재해라 여겨질 이런 엄청난 일이 일개 무인에 불과한 소검신이 부린 조화라는 것이었다.

모든 맹도가 어둠 속에 웅크려 숨죽인 채로 벌벌 떨고 있었다.

이런 신위를 과연 '경지의 높낮이'로 구분할 수 있을까?

무공의 경지라는 것도 결국 사람의 잣대.

허나 대낮에 태양이 사라지는 이런 불가해의 현상은 결코 사람의 관점으로 설명될 수 있는 일이 아니었다.

하늘의 일월성신(日月星辰)이 부리는 조화란, 사람에게 길흉화복과 운수를 걸어 보고 싶은 경배의 대상.

그런 일월성신을 자신의 뜻대로 부릴 수 있는 무인?

강호무림이라는 세상이 발원한 후 모든 역사를 뜯어본다고 해도 그런 신위를 보인 무인은 결코 존재하지 않았다.

삼신(三神)이라는 천하에 다시없을 위대한 무인들조차도 이 정도까지는 아니었다.

"총군사를 불러오라니까?"

"대, 대체 어디로……."

천지사방이 분간조차 되지 않는데 도대체 어느 방향으로 길을 잡아야 한단 말인가!

곧 조휘는 그런 진천수호대주 하륭을 물끄러미 응시하더니 가볍게 의지를 발현하였다.

그 순간.

팟-

무언가가 점멸하는 듯한 가벼운 소음이 일어남과 동시에 오직 하륭의 주위로만 밝음이 되돌아왔다.

마치 작열하는 태양광선의 운행이 그에게만 미치는 듯 그의 주변만 '낮'이 된 것이다.

경악의 빛이 담긴 모든 맹도들의 시선이 일제히 하륭을 향한다.

그것은 앞서 천지사방이 암흑으로 변한 것보다 더한 충격이었다.

지금의 이 모든 조화가 결코 우연이 아니라는 것이 증명된 것이기 때문.

이로써 저 소검신이 일월성신의 운행조차 자유롭게 행할 수 있는 존재라는 것이 확실해진 것이다.

"아, 내 쪽도 확인해야겠군."

팟―

그렇게 소검신의 주변도 밝은 낮이 되었다.

"으음……."

하룡이 피가 나도록 입술을 깨물며 신음하다 곧 장내에서 벗어났다.

그러자 무림맹의 모든 맹도들이 참담한 심정으로 소검신을 응시하고 있었다.

상대는 위대한 일월성신조차 의지로 운행하는 자.

그야말로 검을 잡을 의지조차 일어나지 않는다.

천하에 어둠을 드리운 채 오직 하늘 아래 홀로 빛나는 자.

어쩌면 지금 자신들은 천하에 다시없을 전설을 마주하고 있는지도 몰랐다.

조휘는 그런 맹도들을 무심히 관조(觀照)하고 있었다.

역시 모든 것이 자신의 예상대로였다.

기실, 눈앞의 맹도들을 일거에 압도할 만한 무력이 없는 것은 아니었다.

하지만 수만의 병력을 상대하면서 일일이 힘을 통제하여 살상(殺傷)을 자제한다? 그것은 불가능하다.

결국 엄청난 수의 사람들이 죽어 나갈 것이 분명할 것이고 이는 강호를, 아니 세상을 구한다는 자신의 명분을 송두리째 쓰레기통에 구겨 처넣는 행위나 마찬가지였다.

영혼마저 으스러진 채 소멸하신 존자 어르신들의 염원, 장삼봉 진인의 숭고함이 함께하는 이상 자신의 일거수일투족은 언제나 그들의 뜻까지 함께 대변해야 했다.

그것이 자신의 숙명(宿命).

수많은 이들의 사명(使命)을 짊어진 무게다.

조휘는 이 중원 세상의 사람이 현대인들과는 상황 인식을 어떻게 달리하는지 또 무엇을 두려워하는지 누구보다 잘 알고 있었다.

과학을 모르는 중원인들이 가장 두려워하는 것은 자연재해다.

한 계절만 가물어도 수백만 단위의 사람들이 기아에 허덕일 수밖에 없는 삶이요, 겨우내 북풍이 조금만 모질어도 길거리에 동상자가 수없이 속출했다.

무서운 전염병이 돌면 그 마을, 아니 그 지방 전체의 인구가 삼분지 일 토막 나는 것은 부지기수요, 메뚜기 떼가 휩쓸고 지나가면 한 해의 농사를 모두 망쳐 눈물짓는 것이 중원인들의 한스런 삶이었다.

그런 중원인들에게 일식(日蝕)이란 모든 불길한 일의 전조
(前兆).

이제 저들에게 소검신은 인간사 모든 재해의 화신처럼 여
겨질 것이 분명했다.

굳이 무력을 떨치지 않아도 사람을 죽이지 않아도 되었다.

단지 어둠으로 저들을 통제할 수 있었다.

그것만으로도 소검신은 저들에게 진정한 신의 반열에 이
른 존재로 비춰질 테니까.

하지만 문제는 조휘의 동료인 남궁장호와 사마중 역시, 맹
도들과 같은 상식을 지닌 중원인이라는 것이었다.

"이럴 수가……."

털썩 주저앉은 채 멍하니 조휘를 올려다보고 있는 사마중.

방금 전까지만 해도 그는 무신에 비해 자신이 우위에 있다
는 조휘의 오만한 주장을 허언(虛言)으로 여겼었다.

한데 이런 건…….

무인으로서, 아니 한낱 인간의 능력으로 가능한 일이 아니
지 않은가?

애초에 후기지수의 영역을 완전히 벗어난 놈이란 것을 알
고는 있었지만, 이건 도무지 해도 해도 너무하다. 그를 향한
경쟁의식조차 완벽히 사라진다.

그저 어찌하여 한낱 인간이 저런 능력을 보유할 수 있는지

에 대한 의구심만 증폭될 뿐.

그때 남궁장호의 예의 묵직한 음성이 들려왔다.

"조 봉공."

조휘가 두 눈에 이채를 가득 머금더니 이내 은은한 미소를
드러냈다.

"말씀하시지요. 소검주."

함께 피식 하고 웃어 버리는 남궁장호.

"그래 그거면 된다. 네가 아무리 고금에 다시없을 신(神)이
되어도, 아니 설사 하늘 신(天神)이 된다고 해도 내가 기억하
는 네놈이 변하지 않는 이상 난 그것으로 되었다."

조휘의 동료들 중에서 남궁장호가 가장 오래된 친우.

좌가 된 것을 누구보다 스스로 인정하기 싫은 조휘였기에,
그런 남궁장호의 응원이 실로 뜻깊게 다가왔다.

"고마워."

그래도 남궁장호에게 충격이 없는 것은 아니었다.

이내 그가 허탈한 얼굴로 고개를 가로젓는다.

"그래도 이런 건 참…… 아무리 봐도 너무하군. 대체 무슨
조화를 부린 것이냐?"

조휘가 말없이 사방을 돌아보며 대수롭지 않다는 듯 입을
열었다.

"의념을 수천 년 동안 닦다 보면 더 이상 의념의 총량이 늘
어나지도 줄어들지도 않는 단계에 도달하게 되는데 난 그것

을 극의념계(極意念界)라 부르기로 했어. 분명 그다음 단계의 경지는 없는 줄로만 알았지."

의념을 수천 년 동안 닦는다는 말만 해도 도무지 현실성이 없는 일이거늘, 의념이 늘어나지도 줄지도 않는 경지에 도달한다는 건 더욱 황당하게 들리는 소리였다.

애초에 인간의 의념(意念)이란 것은 추상적인 개념이기에 양을 운운하는 것 자체부터 아직 절대경에 이르지 못한 남궁장호로서는 이해할 수 없는 일이었다.

"인간의 생각이나 의지를 어찌 양으로 가늠할 수 있는 거지?"

조휘는 어찌 설명해야 할까 잠시 생각을 가다듬더니 이내 다시 입을 열었다.

"기억력을 예로 들어 볼까. 인간이 기억할 수 있는 총량의 한계는 존재할까? 아니면 한계가 없을까?"

"음……."

조휘가 자신의 머리를 손가락으로 톡톡 쳤다.

"허면 왜 우리는 자꾸만 뭔가를 잊어버리는 거지?"

"그건……!"

뭐라 항변하려다 결국 입을 꾹 닫아 버리고 마는 남궁장호.

"새로운 기억을 흡수하기 위해서는 지난 기억을 지워야 하기 때문이지. 인간의 망각(忘却)이라는 것은 기억력의 총량에 한계가 있음을 완벽히 증명하는 방증."

조휘가 다시 남궁장호를 응시한다.

"의념(意念)도 마찬가지야. 생각이라는 것도 엄연히 인간의 연산력에 해당하지. 물론 단순히 두뇌의 연산력으로는 의념의 모든 것을 설명할 수는 없어. 다만 포괄적으로는 충분히 '의념은 연산이다.'라고 말할 수 있겠지."

조휘의 말인즉, 의념도 결국 사람의 머리에서 나오는 연산력의 일부분이니 기억력과 마찬가지로 그 총량에 한계가 있다는 것이었다.

하지만 조휘의 그런 주장은 아직도 남궁장호에게는 너무도 모호하고 추상적으로만 들릴 뿐이었다.

사람의 생각하는 힘에 총량이 정해져 있다는 것.

이는 두뇌의 십 할을 모두 활용했다는 소린데 자신이 아는 한 그 정도의 경지를 이룩한 인간은 역사 이래로 전무했다.

현대의 최첨단 뇌 과학 분야조차도 아직은 개척할 영역이 엄청났다.

현대인들에게도 인간의 두뇌를 백 퍼센트 활용한다는 건 신의 영역에 도달했다는 것과 동일하게 여겨질 것이다.

하물며 중원인인 남궁장호로서는 더욱 괴이하게 들릴 수밖에 없는 것.

"참…… 상상조차 되지 않는군. 그럼 이 어둠이 그 극의념계가 다루는 영역이라는 것이냐?"

"아니."

조휘가 허탈한 미소를 짓는다.

"그 빌어먹을 석판에 괴이한 이름을 새긴 후로 내 안의 뭔가가 개화(開花)됐어. 인식할 순 있지만 역설적이게도 설명할 수는 없는 힘. 이걸 어떤 초감각이라고 해야 하나…… 아니면 말 그대로……."

설마 이것이 정말 신의 힘일까라는 말은 끝내 조휘의 입에서 나오지 못했다.

그런 현실을 받아들인다면 자신이 좌가 된 것을 스스로 인정한다는 뜻이니까.

"극의넘계를 초월한 어떤 경지를 이루고도 그 경지를 말로는 설명할 수 없단 뜻이냐?"

"그거지."

강호사에 존재해 온 모든 무학에는 반드시 구결(口訣)이 있었다.

조휘는 그 오묘한 느낌이라도 설명할 수 있어야했다.

"허면 그것은 무공(武功)이 아니다."

"왜?"

단호한 남궁장호의 음성.

"오랜 세월 무(武)를 수련한 구도자의 경지에는 어떤 성질이건 반드시 자아(自我)가 있다. 설명할 수 없다면 네 그 경지에는 너만의 자아가 없다는 뜻이다."

지닌 힘을 네 스스로 설명할 수 없으니 그것은 너만의 것이 아니라는 말.

조휘의 얼굴이 금방 일그러진다.

"이게 내 힘이 아니라면 혹시 타인의 힘이라는 말이야 그럼?"

"강호에도 너처럼 자신의 경지를 설명할 수 없는 자들이 있지. 그들이 바로 마인(魔人)이다. 마공이 지닌 힘에 먹혀 마성(魔性)에 사로잡혀 스스로의 자아가 없는 이들. 네 설명은 그들과 유사하다."

"하……."

조휘가 펼친 칠흑 같은 어둠을 두려운 눈빛으로 바라보고 있는 남궁장호.

지금 그는 조휘가 위험한 마성에 사로잡혀 있다 여기고 있는 것이었다.

조휘가 가늘게 한숨을 쉬었다.

"이건 사악한 마공 따위가 아니야."

사마중이 조휘를 노려보고 있었다.

그 역시 조휘를 바라보는 시선이 남궁장호와 별반 다르지 않았다.

"증명해라."

지금 조휘의 신위가 마공이 아니라는 증명.

조휘의 대의를 따르기로 한 이상 그들에게 이것은 더없이 중요한 문제였다.

찌이이이익-

조휘가 말없이 자신의 옷깃을 찢어 안대처럼 만든 후 남궁장호와 사마중에게 건넸다.

"눈을 가리는 게 좋을 거야."

찢어진 옷깃을 받아 들며 어색한 표정을 지어 보이는 사마중.

"왜지?"

조휘가 피식 웃으며 반문했다.

"보여 달라며?"

그에게서 뭔가 심상치 않은 일이 벌어질 것 같자, 남궁장호
와 사마중이 서둘러 조휘의 옷깃으로 두 눈을 가린다.

그 순간.

갑자기 조휘가 커다랗게 입을 벌린다.

그가 토해 낸 무언가가 목젖으로부터 살짝 드러나자.

"으아아아악!"

"끄아아악! 내 눈!"

조휘를 바라보던 맹도들이 비명을 지르며 자신들의 두 눈
을 감싸 쥔 채 쓰러지고 있었다.

화아아아악-

조휘가 토해 낸 것은 살인적인 밝기의 광구(光球).

그렇게 맹도들의 거친 비명 소리가 사방에서 들려오자 남
궁장호가 한껏 당황스러운 목소리로 외쳤다.

"도, 도대체 그건……!"

분명 옷깃으로 두 눈을 가렸음에도 그 눈부심을 막을 길이
없을 정도로 강력한 밝음이었다.

이어 조휘의 예의 퉁명한 목소리가 들려왔다.

"태원성(太原省) 일대의 모든 광원(光源)을 모아 체내에 갈무리하고 있었단 말이야."

"아, 아니……!"

"미친! 말도 안 돼!"

조휘가 배시시 웃는다.

"거봐. 마공은 아니지?"

사마중이 허탈한 심정으로 다시 털썩 주저앉았다.

그래, 마공은 아니다.

그런데 그건 결국 신(神)이며 좌(座)의 신위이지 않은가?

무림맹 총군사 제갈찬휘와 내원주 서강후가 구룡대회의(九龍大回議)의 진행조차 잊은 채 멍하니 창밖만 응시하고 있었다.

그것은 구파를 대표하는 대원로들, 즉 구룡원주들도 마찬가지였다.

촛불을 켜지 않았다면 회의실 내부가 한 치 앞도 보이지 않을 만큼 칠흑 같은 어둠이었다.

"어찌하여 갑자기 이런 어둠이……."

"으음……."

이건 개기일식도 아니다.

11

일식이라면 태양을 가린 흔적의 테두리라도 희미하게 천공에 드러났을 테니까.

분명 아무리 하늘을 살펴봐도 일식의 흔적 같은 건 없었다.

"소검신……?"

내원주의 기묘한 물음에 총군사 제갈찬휘가 거칠게 고개를 도리질했다.

"하, 한낱 인간이 그런 능력을 지녔을 리가 없지 않습니까!"

중원에는 해를 가리며 나타난 신적인 존재들에 대한 설화가 제법 존재한다.

하지만 그들은 그야말로 고대 전설 속의 신(神).

한낱 강호의 무인에 불과한 소검신이 그런 설화 속의 신들과 동일한 격(格)을 지닌 존재라니!

강호의 장구한 역사를 모두 뒤진다 해도 그런 엄청난 자는 존재하지 않았다.

"외원에 모든 맹도들이 그를 포위하고 있는 시점에서 하필 이런 기묘한 재앙이 일어났소. 너무 공교롭지 않소이까?"

"음……!"

내원주 서강후는 무림맹 내에서 가장 날카로운 안목과 냉정함을 지닌 이였다.

상황과 판세를 읽는 그의 능력은 타의 추종을 불허한다. 당연히 회의장 내 모든 간부들의 이목이 그에게 쏠렸다.

"만약 이 어둠이 그의 의지가 깃든 현상이라면 지금까지 본 맹의 모든 계획은 전면적으로 수정되어야 하오."

구룡원주를 대표하는 일룡태주(一龍太主) 우방윤이 의문을 드러냈다.

"소검신이 그런 신화적인 존재가 되었다면 과연 강서를 우리의 힘으로만 도모할 수 있겠소이까?"

내원주 서강후가 확신에 가까운 어조로 단호하게 대답했다.

"아무리 그래도 백만 무인을 어찌 홀로 감당할 수 있겠소? 더구나 달마진경으로 인해 본 맹의 전력은 하루가 다르게 상승하고 있소. 조가대상회의 병력 수준이라고 해 봐야 한낱 사천회 수준에도 미치지 못하고 있다는 것이 모든 정보 조직의 중론이오."

이렇듯 무림맹은 조가대상회를 이미 징치의 대상, 즉 적(敵)으로 간주한 상태였다.

하루가 다르게 강북으로 뻗어 가고 있는 조가대상회의 영향력을 더 이상 방치했다가는 무림맹이 걷잡을 수 없이 약화될 것은 분명했다.

총군사가 소림과 담판을 지어 달마진경이라는 최강의 패를 들고 오지 못했더라면, 천하제일세(天下第一勢)의 칭호는 조가대상회에게 양도할 수밖에 없었을 것이다.

그야말로 조가대상회에서 나온 모든 문물과 체계들이 전 중원을 뒤덮었다.

이미 대부분의 무림맹도들은 조가대상회의 가죽옷을 보물

처럼 소중히 여기고 있었다.

객잔 배달업에 표물 운송 사업을 접목시키는 사업 방식이 성행하면서 표국 업계는 거의 고사 수준에 이르렀고, 객잔들 역시 배달을 하지 않으면 살아남을 수 없는 지경이 되어 버렸다.

허나 조가대상회가 개발한 기묘한 문물인 '자전거'의 생산은 그들이 독점하고 있었으며, 그런 자전거를 외부에 판매조차 하지 않고 있었으니 다른 객잔들은 조가대상회와 경쟁 자체가 불가능했다.

그들이 개발한 운차(雲車)의 파급력도 매한가지.

마차를 생산하는 거의 모든 공방이 경영 위기를 겪고 있었다.

노면의 마찰력이 고스란히 전해지는 마차와는 달리 운차는 가히 혁명에 다름이 아니었다.

그러나 조가대상회의 독특한 바퀴 구조는 오직 그들만이 독점하고 있는 기술.

다른 공방들이 운차의 분해와 조립을 반복하며 비밀을 파헤치려고 수도 없이 노력했지만, 그 독특한 연결 구조와 적정한 강도의 판형 철판 제련법은 끝내 파악하지 못했다.

요식 분야는 더 말할 것도 없었다.

그 엄청난 대량의 얼음을 무슨 방법으로 조달하고 있는지, 호족들조차 아껴 먹는 그 비싼 돌꿀을 어디서 그렇게 대량으로 들여오는지, 그야말로 그들의 모든 것이 철저한 기밀.

결국 그렇게 모든 강북인들이 한빙주와 흑청수에 미쳐 가고 있었다.

더욱이 그들을 대표하는 종주 소검신이 검신과 무신이라는 전설적인 명성을 대리하고 있으므로 그 파급력은 점점 더해 갈 수밖에 없었다.

이렇듯 조가대상회는 단순한 상단(商團)이 아닌, 중원 문화 전반을 지배하는 강력한 집단으로 변모하고 있는 것이다.

그 위험 수위가 얼마나 심각했으면 황실조차도 조가대상회를 매서운 눈초리로 주시하는 상황이었다.

무림맹에게 있어서 조가대상회를 징치하는 것은 이제 단순한 세력 다툼이 아닌 생존의 문제가 된 것이다.

"삼태공(三太公)의 제안을 받아들이는 것은 어떻소?"

한 원로의 질문에 섭선을 부치는 제갈찬휘의 손놀림이 일순 멎는다.

"황실과 강호는 불가근불가원(不可近不可遠)의 원칙을 오래도록 지켜 왔습니다. 어렵다하여 황실의 지원을 받아들인다면 이번 일이 강호의 일이 아닌 중원의 일이 되는 게지요. 그들의 지원으로 조가대상회가 정리된다고 해도 그 이후에는 결국 황실의 간섭이 시작될 겁니다. 선례를 남길 수는 없습니다."

제갈찬휘가 의미심장한 표정으로 그윽하게 두 눈을 감았다.

"우리에게 달마진경이라는 최강의 패가 건재한 이상 맹도들은 계속 불어날 겁니다. 백만, 이백 만, 삼백 만…… 결국 강북인들을 모두 맹의 휘하가 될 것이고 이에 본 군사는……."

그가 다시 눈을 뜨며 강렬한 안광을 발했다.

"여기 계신 모든 원로분들께 강남인들의 입맹 허가에 관하여 의견을 구하고자 합니다."

갑작스럽게 일어난 총군사의 엄청난 안건이었다.

허나 원로들은 그의 제청(提請)을 결코 받아들일 수 없었다.

"불가(不可)!"

"아니 될 말이외다!"

원로들의 거센 반발 속에서 내원주 서강후도 동의의 뜻을 보탰다.

"그것은 결국 천하정도를 자처하는 본 맹이 사파인들까지 규합하자는 뜻이지 않소?"

제갈찬휘가 모호한 표정으로 의구심을 드러냈다.

"황실의 지원마저 받아들이자는 분들께서 강남인들의 입맹에는 왜 그리 인색하십니까. 또한 모든 강남인들이 사마외도는 아니지 않습니까."

"어허······!"

장내가 그렇게 소란스럽게 변하고 있을 때, 갑자기 호위 하나가 파리한 안색으로 회의장 내부로 들어왔다.

너울거리는 촛불에 의해 드러났다 사라지기를 반복하는 그의 얼굴에서 끝 모를 긴장감이 교차되고 있었다.

"지, 진천수호대주께서 입장을 요청하고 계십니다."

구룡대회의의 권위란 그야말로 절대적인 것이었다.

아무리 그가 맹 서열 백위 내의 대주급 인사라 하나 구룡대회의의 입회 자격에는 미치지 못한다.

그도 그런 사실을 뻔히 알고 있을 텐데 어찌 입회를 요청하고 있단 말인가?

그런 원로들의 의문을 읽었는지 호위가 재차 입을 열었다.

"회의에 참가하기 위한 입회 요청이 아니라 단순히 총군사님에 대한 접견 요청입니다."

"본 군사를?"

구룡대회의의 엄중함을 뻔히 알고 있음에도 저 원칙의 화신인 악 호위가 강제로 입장하여 진천수호대주의 요청을 보고해 왔다.

이는 뭔가 범상치 않은 일이 벌어졌다는 의미.

"설마 소검신이 끝내 맹도들을 살상(殺傷)한 것인가?"

"그, 그럴 리가 없지 않소? 감히 본 맹성에 무단으로 침입한 것만으로도 강호 공적이 될 일이거늘 하물며 맹도들을 참혹하게 도륙한다? 무서운 심계로 이름 높은 소검신이 그런 멍청한 짓을 벌일 리가 있겠소?"

"암, 그건 강북 전체를 적으로 돌리는 행위지."

의구심으로 가득해진 원로들처럼 제갈찬휘도 한껏 궁금해졌다.

"그를 들이라."

"충!"

잠시 후.

악 호위가 진천수호대주를 대동한 채 나타나자 회의장 내부가 찬물을 뒤집어쓴 듯한 정적으로 휩싸였다.

툭─

섭선을 떨어뜨리고 마는 총군사 제갈찬휘.

"대, 대체……."

내원주 서강후 역시 평생을 통틀어도 단연코 오늘처럼 놀란 적이 없었다.

"자, 자네……! 자네의 몸이!"

진천수호대주 하륭이 뿜어 대는 광휘(光輝)로 인해 대낮처럼 밝아진 회의실!

좀 더 정확히 말하자면, 그가 내뿜는 광휘가 아니라 이건 마치 '대낮'이 그에게만 적용되는 듯한 광경이었다.

천하에 이보다 더 괴이한 일이 있을까?

"지금 자네의 그 모습은 어찌된 영문인가?"

"어, 어서 말해 보시게!"

그렇게 진천수호대주 하륭이 소검신과 있었던 일을 간략하게 설명했다.

그의 설명을 모두 들은 원로들이 더욱 딱딱하게 안색을 굳혔다.

"그럴 수가……."

"어찌 인간이……."

제갈찬휘의 얼굴에도 핏기가 싹 사라진다.

상상하기조차 싫었던 최악의 가정이 현실로 변했다.

삼신의 경지를 넘어서는 대적 불가(大敵不可), 불가해(不可解)의 고수.

그것은 자신이 소림에서 구해 온 달마진경처럼 모든 판도를 일거에 뒤집을 수 있는 위험한 변수였다.

결국 모든 일이 자신의 능력을 벗어난 것이다.

뿌드득

제갈찬휘의 입에서 핏물이 터져 나왔다.

상대는 상상도 할 수 없는 경지를 이룬 고수.

또 한 번 '그들'에게 의지해야만 하는 상황에 직면한 것이다.

"그가 총군사님을 뵙기를 청하고 있습니다."

"본 군사를 청하는 이유는 듣지 못했소?"

"모릅니다. 다만 그의 요청을 전할 뿐입니다."

맹성의 입구를 수호하는 대주가 감히 싸워 보지도 않고 적의 전령을 자처하다니!

머리끝까지 화가 치민 제갈찬휘가 거칠게 입을 열었다.

"진천수호대주를 당장 뇌옥에 가둬라!"

제갈찬휘가 끝내 일인지하 만인지상의 권위를 드러내며 거친 노성을 발하자 악 호위를 비롯한 모든 호위들이 일제히 하륭을 에워쌌다.

허나 하륭은 이미 모든 것을 받아들이는 사람처럼 지그시 눈을 감고 있을 뿐이었다.

◆ ◈ ◆

수만에 이르는 새까만 군중의 중심에서, 오직 자신의 주위로만 태양광을 드리운 채 오연히 서 있는 소검신.

그런 그의 모습이란 가히 장엄할 지경이어서, 그저 바라보는 것만으로도 압도되는 심정이었다.

제갈찬휘를 비롯한 모든 원로들이 그런 소검신을 향해 무거운 걸음으로 다가가고 있었다.

"오호, 총군사님은 역시 여전하시네."

싱긋 웃으며 자신을 향해 손을 흔들고 있는 조휘를 바라보며 제갈찬휘는 더욱 이를 악물었다.

밝게 빛나는 소검신 쪽과는 달리 이쪽은 칠흑과도 같은 어둠이었다.

그럼에도 그는 수많은 맹도들 사이에서 정확히 자신을 바라보며 손인사를 건네고 있었다. 분명 그것은 고작 안법(眼琺)의 수준이 아니었다.

그렇게 조휘에 전면에 다가간 제갈찬휘가 무거운 음성을 토해 냈다.

"날 부른 연유가 무엇이오."

"급하시네. 인사도 없이 다짜고짜 용무부터 말하자고요?

뭐 그편이 나도 편하기도 하고."

조가대상회의 개파대전에서 봤던 소검신도 대단했지만 지금은 아예 분위기 자체가 다르다. 마치 전혀 다른 종류의 존재처럼 느껴질 정도였다.

"그 짧은 세월 안에 또다시 경지를 개척하다니 진정 그대는 경천동지(驚天動地)할 무인인 것 같소. 대공을 경하드리오."

조휘가 피식 웃었다.

"총군사님이 가지고 있는 법보에 비한다면 아무것도 아니죠."

제갈찬휘가 딱딱하게 얼굴을 굳혔다.

"법보라니, 대관절 무슨 소리를 하는 거요."

"거 또 시치미 떼신다. 나를 그리 겪고도 아직도 파악을 못하고 있으시네."

조휘가 주변을 돌아보다 다시 투명한 시선으로 제갈찬휘를 응시했다.

"총군사님께서 파악한 이 소검신이, 아무런 자기 확신도 없이 이런 일을 벌일 인사입니까."

소검신.

큰일을 벌이는 데는 지나칠 정도로 과감하다.

허나 그 목적을 완연하게 드러내기 이전에는, 그는 천하의 그 어떤 종주보다 은밀했다.

그런 그가 수만의 맹도를 모아 놓고 어쩌면 자신의 최대 비밀이라 할 수 있는 진실된 신위를 드러냈다.

그런 그에게는 반드시 이유와 목적이 있을 것이다.

"당신이 그럴 인사는 아니지. 그러니 이제 그만 목적을 드러내시오."

"이미 말했잖아요?"

"무슨……?"

조휘가 두 눈을 희번덕거렸다.

"달마진경을 무한히 찍어 내는 그 미친 법보를 빨리 내 앞에 대령하라고. 무림맹 총군사님아."

내원주 서강후는 총군사의 안색을 살핀 후 자신도 모르게 뒷걸음질을 쳤다.

그가 저리도 흉신악살처럼 일그러진 표정을 지을 수 있었단 말인가.

그런데 소검신이 말한 법보라는 물건은 대체 뭐란 말인가?

동요를 보일 것도 하건만 의외로 제갈찬휘의 신색은 고요하고 침잠했다.

"정말 놀랍군."

제갈찬휘가 담담한 얼굴로 칠흑 같은 외원의 전경을 훑어보다 다시 입을 열었다.

"그대의 놀라운 수완과 심계도 입신지경에 이른 무위도 놀랍지 않았다. 무림의 상궤(常軌)를 벗어난 영웅은 언제고 존재할 수 있으니까."

"그래서?"

조휘의 반문에 제갈찬휘의 눈빛이 짙은 두려움으로 물들어 갔다.

"솔직히 말하자면 지금은 두렵군. 법보의 존재는 천하의 누구도 짐작할 수 없는 것이었다. 본 군사는 맹의 어떤 수뇌들에게도 그 정보를 공유하지 않았다."

"당연히 그랬겠지."

제갈찬휘의 어투가 갑자기 다시 공대(恭待)로 바뀐다.

"허면 그대는 '그들'과 동류(同流)라는 뜻이오?"

"그들?"

"당신이 더 잘 알 것 아니오. 천하를, 아니 사람의 문명 전체를 암중으로 조종하는 모든 신화적인 존재들의 우두머리. 당신도 그를 추종하는 것이외까?"

조휘가 별안간 웃음을 터뜨렸다.

"푸핫! 그렇게까지 그놈의 도움을 받고 있으면서 설마 아직 이름도 모르고 있는 거요?"

"역시 당신은 알고 있단 말이오?"

갑자기 조휘가 웃음기 싹 가신 냉랭한 얼굴로 변해 갔다.

"명색이 무림맹의 총군사이자 천하제일의 지낭(智囊)이라는 작자가, 세상에서 가장 위험한 독을 앞에 두고도 그 정체도 모르고 있다니…… 세상이 망할 징조로군."

"함부로 말하지 마시오."

"닥쳐."

조휘의 기색이 일변했다.

그것은 마치 표정으로 모든 분노를 말하고 있는 것만 같은 얼굴이었다.

"평생을 이인자로 살아갈 수밖에 없는 제갈세가의 비원(悲願)이든, 천하에 우뚝 서고자 하는 공명심의 발로이든, 결국 당신의 그 우매한 사심이 사람 세상의 멸망을 불러일으켰다. 당신은 그 달마진경의 진정한 용도를 알고 있긴 한 것인가?"

그런 무시무시한 조휘의 기세에 제갈찬휘는 본능적으로 뒷걸음질 치며 봉황십금(鳳凰十禁)의 기수식을 취했다.

단지 상대의 눈빛을 바라본 것만으로도 생명의 위협을 느낀 것이다.

"무, 무공 비급에 무슨 다른 용도가 있단 말이오."

"하, 무공 비급?"

조휘가 여전히 살기를 풀지 않으며 예의 무시무시한 눈을 빛냈다.

"달마는 신좌다."

"……신좌(神座)?"

제갈찬휘로서는 당최 처음 듣는 별호였다.

강호의 역사 이래 신(神)의 휘호를 일신에 새긴 무인은 삼신과 소검신이 유일하지 않은가?

"도, 도대체 그가 누구란 말이오?"

조휘는 일순 헛웃음이 나왔다.

과연 눈앞의 이자가 천하제일의 지낭이 맞긴 한 건가.

"달마가 신좌라고 분명히 말했을 텐데? 당신이 받은 그 법보의 정체도 몰라? '달마'진경이라고."

순간적으로 멍해지는 제갈찬휘.

보리달마는 이 너른 중원 땅에 선종(禪宗)이라는 신성한 종교를 뿌리내린 불가의 위대한 신성이다.

그런 위대하며 고결한 존재가 천하 문명 전체를 암중으로 조종해 온 존재라고?

몰라서 조휘에게 되물은 것이 아니었다.

자신의 되물음 속에는 그런 불신이 담겨 있었던 것이다.

그런 제갈찬휘의 반응에 조휘가 다시 예의 무덤덤한 음성을 이어 나갔다.

"달마는⋯⋯."

이후 장장 한 시진 이상 이어진 조휘의 일장연설.

그 이야기는 조휘가 아는 달마에 관한 모든 것이었다.

자신이 지금까지 취합한 모든 정보들을, 이곳에 모인 맹도들이 모두 들을 수 있도록 의념을 운용해 외원 전체에 자신의 음성을 드리운 것이다.

달마는 스스로 만든 달마옥을 세상에 던져 놓았고 그렇게 흡수한 인간의 영력을 법력으로 치환하여 환생을 거듭했다.

환생을 거듭하며 그가 행한 일은 선종의 발원(發源).

달마를 추앙했던 최초의 세 제자들은 그런 달마의 음모를

인지하기 시작하고서 각자 영옥을 만들어 그를 추적하기 시작한다.

하지만 끝내 모든 인과를 완성하고 스스로 신좌(神座)에 오른 달마는, 새롭게 받아들인 여섯 제자, 즉 실험체들을 통해 자신의 마지막 비원인 '창조자'라는 우주적인 경지에 다다르려 하고 있었다.

그렇게, 중원의 역사 이래 최대의 비밀이라 할 수 있는 이야기들을 조휘가 모든 맹도들에게 알려 버리자 남궁장호와 사마중이 석상처럼 굳어져 어찌할 바를 몰라 했다.

"허……."

"대체 어쩌려고……?"

조휘가 퉁명스럽게 대답했다.

"여기 모인 맹도들, 아니 모든 '사람'들이 달마 놈이 펼칠 절멸(絶滅)의 당사자다. 충분히 들을 자격이 있지."

"그래도 엄청난 혼란이 초래될 것이 틀림없거늘……."

조휘가 눈을 희번덕거리며 반문했다.

"싯팔, 다 같이 뒈지는 마당에 혼란? 그게 무슨 문제가 돼?"

이 소검신이라는 놈의 행동은 언제나 상식과 달리한다.

아무리 상황이 엄중하다고 해도 그런 중차대한 문제는 맹도들을 이끄는 지도부와 담판을 지어야 하는 일이었다.

굳이 모든 일을 맹도들에게 알려 앞으로 엄청난 혼란을 초래할 필요가 없는 것이다.

하지만 조휘는 소수가 정보를 선점하는 것이 얼마나 위험한 역사를 초래하는지 누구보다 잘 알고 있는 현대인이었다.

왜 정보의 공유를 인류 공영(共榮)의 가치로 삼았는지, 언론이라는 시스템이 어떻게 해서 생겨났는지 모두 역사로 배워 알고 있는 현대인 조휘.

현재 강호무림의 상황은 거대한 운석이 떨어지기 직전의 지구와 같다.

약탈과 방화, 혹은 자살과 같은 혼란이 일어날 것을 우려해 운석이 떨어지고 있다는 정보를 대중에게 쉬쉬한다?

그럼 일반인들은 아무것도 모른 채 잠자다 돼지란 말인가?

몸부림이라도 칠 수 있는 각자도생의 기회, 혹은 생을 정리할 수 있는 기회를 주는 것은 같은 사람에 대한 최소한의 도리였다.

그것이 조휘가 믿는 인도(人道).

무엇보다도 지켜야 할 현대인의 지성(知性)이었다.

"하핫핫핫!"

사방에서 웅성거리는 맹도들의 동요를 참혹한 얼굴로 지켜보다 결국 허탈한 웃음을 터뜨리고 마는 제갈찬휘.

소검신(小劍神).

칠흑처럼 내리깔린 어둠 속에 홀로 고고히 빛나니, 그의 음성이란 가히 신의 음성에 다름이 아니었다.

지금까지 서책에서 수많은 지략과 귀계를 배워 왔지만 그 어디에도 저 소검신과 같은 심계를 펼치는 이는 존재하지 않았다.

대체 어떤 무인이 자신의 신위와 명성을 저런 식으로 활용한단 말인가.

그가 말한 정보의 객관성은 이제 별로 중요하지 않다.

다만 지금부터 달마진경이라는 위대한 무공서에 반드시 '절멸의 음모'라는 꼬리표가 쉬쉬하며 따라붙을 것이다.

왜?

삼라만상, 일월성신의 운행조차 자유롭게 통제하는 저 빌어먹을 소검신의 주장이니까.

영웅이라기보단 차라리 악마에 더 가까운 자.

그것이 제갈찬휘의 두 눈에 비친 소검신의 실체였다.

"알아들었으면 이제 법보 내놔."

"싫소."

"뭐?"

제갈찬휘가 사방에 도열한 맹도들을 훑어보며 엄정하게 말했다.

"당신의 말이 모두 진실이라고 해도 그대가 천하를 구할 신성인지 그 신좌라는 자의 멸절을 도울 추종자인지 아무도 모르는 것이 아니겠소."

조휘가 피식 웃었다.

"당신, 그거 오기야."

"아니오."

"미친 새끼."

조휘의 철검이 천천히 허공 위로 떠오른다.

"그저 손에 쥔 패를 놓치는 것이 아까운 전형적인 책사의 오기다. 내가 달마 놈의 추종자 따위가 아니라는 것을 당신은 이미 알고 있잖아?"

"아니라고 판단할 어떤 근거도 없소."

"하⋯⋯."

조휘의 철검이 천천히 미끄러지다 제갈찬휘의 미간 근처에서 멈춘다.

"내가 달마의 추종자라면 세상을 멸절할 계획을 이 많은 사람들 앞에서 스스로 말하겠어? 이보다 더 확실한 근거가 있나?"

"부족하오. 한고조 유방은 천하를 도모하기 위해 홍문지회(鴻門之會)의 그 모든 치욕을 감내하였소. 사람의 귀계라는 것이 어디 보통 무서운 것이외까."

"와⋯⋯."

"더욱이 방금 전에도 말했듯, 본 군사에게 법보가 있다는 사실은 천하의 그 누구와도 나누지 않은 나만의 비밀이었소. 한데 당신은 알고 있었소. 이는 당신이 그들과 동류(同流)라는 너무나도 확실한 증거요."

"결국 그거 때문이었단 말이지."

조휘는 머리가 지끈거렸다.

저 무림맹의 총군사는 나름대로의 논리로 무장하고 있었고 그 무장을 해제시키려면 뭔가 다른 수가 필요했다.

물론 힘으로도 가능하겠으나 이 많은 맹도들이 보는 앞에서 그를 피투성이로 만들었다간 모든 명분이 부질없이 날아간다.

조휘는 다시 진중해질 수밖에 없었다.

"그럼 계속 그렇게 달마진경을 찍어 낼 거야? 뻔히 내 말을 모두 듣고도?"

"모든 것이 그대의 주장일 뿐 사실이라는 근거는 어디에도 없지 않소. 추이를 지켜볼 것이오."

"지금처럼 맹도들을 모으는 것을 유지하며 관망하시겠다?"

"그렇소."

갑자기 조휘가 화제를 돌렸다.

"그럼 다른 걸 묻지. 그 많은 돈은 대체 어디서 난 거지?"

"무, 무슨 소리요?"

예의 피식 웃는 조휘.

"누굴 바보로 아나. 백만(百萬)이 무슨 장난인가? 그 엄청난 숫자의 맹도들을 받아들이고 유지하는 데 얼마나 막대한 비용이 드는지 정말 몰라서 묻는 건가?"

조휘가 시선으로 맹도들을 일일이 가리켰다.

"저들이 입고 있는 무복과 무장하고 있는 도검들만 해도 한 사람당 은자 수십 냥. 더욱이 그들이 먹는 음식, 묵는 숙소, 그들의 월봉까지…… 나 원 참 백만이라니 감히 상상도 안 되는군. 아무리 봐도 지금 무림맹의 여력으로 감당할 수 있는 수준이 아닌데? 다른 뒷배가 없이 이게 가능해?"

"본 맹은 천하 정도무림의 총본산 무림맹이오."

"하, 무림맹이니 가능하다? 장난치지 마. 나 상인이야."

조가대상회 휘하의 모든 상인들과 직원들을 다 합한다고 해도 아직 만 단위를 넘지 않는다.

그런 그들을 유지하는 데만 해도 막대한 비용이 들어가거늘, 십만도 아니고 무려 백만이라니!

그런 엄청난 단위의 군사를 운용하는 것은 지금까지 중원에 존재해 온 제국 중에서도 손에 꼽을 정도로 강성한 제국만이 가능했다.

천하를 지배하고 있는 제국도 힘에 부치는 일을 무림맹이 가능하다고?

한데, 총군사 제갈찬휘가 오히려 조휘를 향해 의아한 얼굴을 하고 있었다.

조휘의 귓가에 들려온 것은 그의 육성이 아닌 전음성이었다.

〈법보의 존재를 아는 당신이 어찌 그런 걸 묻는단 말이오?〉

법보(法寶)?

은자와 법보가 대체 무슨 상관?

잠시 멍해져 있다가 순간 뭔가에 생각이 미친 조휘가 온몸에 소름이 돋았다.

'설마?'

솟구치는 의문을 도저히 참을 수 없었던 조휘는 결국 총군사에게 법보를 건넨 당사자에게 물어볼 수밖에 없었다.

"어이 황금이, 이리 나와 봐."

순간.

화아아아악!

어둠 속에서 공간이 찢어진다.

이내 온몸에 강렬한 광채를 드리운 금천(金天)이 나타나 주인의 부름에 공손히 오체투지하고 있었다.

"하명하십시오. 위대한 주(主)이시여."

조휘의 무심한 눈이 끝없는 의문을 발했다.

"설마 저자에게 건넨 그 법보라는 게 단순히 달마진경만 찍어 낼 수 있는 법보가 아니었던 거야?"

이어 금천에게서 들려온 놀라운 대답.

"생기(生氣)와 영기(靈氣)를 지닌 존재, 즉 동식물이 아니라면 무엇이든 복제가 가능하옵니다."

"뭐, 뭐라고?"

와 씨!

이런 무식한 개 사기템을 봤나!

그럼 지금까지 제갈찬휘는 무려 '돈 복사'를 무제한으로 해 왔다는 소리잖아?

"와 나! 아예 중원 경제를 씹창을 내라 씹창을!"

한편, 제갈찬휘는 절망적인 얼굴로 힘없이 주저앉아 버렸다.

"고, 공공대사(空空大師)께서 어째서……."

무림 최고의 원로이자 무림맹을 수호하는 절대적인 존재 공공대사가 어찌 소검신의 수하가 되어 버렸단 말인가?

총군사 제갈찬휘가 그대로 굳어져 입만 멍하니 벌리고 있었다.

82 章.

공공대사.

소림의 활불(活佛).

정파 최고의 원로이며 그의 권위와 영향력은 무림맹주에 필적한다.

더욱이 지금까지 벌인 모든 일들은 그의 구상 아래 행해진 것.

정파 최고의 원로에 대한 믿음이 없었더라면 아무리 자신이 무림맹의 총군사라고 해도 이번 일을 계획하고 실행할 수는 없었을 것이다.

그런데 그런 엄청난 존재인 공공대사가 저리도 소검신의 수하를 자처하며 몸을 낮추어 오체투지하고 있는 것이다.

대체 이런 걸 누가 예상할 수나 있단 말인가!

전술과 책략의 범위를 벗어나도 한참 벗어나는 일이 눈앞에 펼쳐지자 말 그대로 제갈찬휘는 정신이 붕괴되는 듯한 충격이 도저히 가시지가 않았다.

"아, 아니…… 도대체 이게 무슨……!"

그와 같은 충격이 같은 맹의 수뇌들이라고 다를 리가 있겠는가.

"대, 대사님! 지금 무슨 짓을 하고 계신 겁니까!"

"대사님께서 대체 왜 저 무도한 자에게 고개를 조아리시고 계시는지요!"

허나 공공대사, 아니 금천(金天)으로서는 자신의 가면 따위는 이미 수천 년 전에 잊어버렸을 따름이었다.

주(主)께서 좌에 오르는 모습을 직접 목도했다.

인세 최고의 비밀을 공유해 준 위대한 존재를 주인으로 맞이한 이상, 그 외의 모든 가치는 더 이상 자신에게 무의미했다.

"미천하고 우매한 자들이여."

이내 몸을 일으킨 그가 조휘의 광휘(光輝)를 벗어나 맹도들이 서 있는 어스름한 어둠 속으로 걸어갔다.

"눈을 뜨고 있어도 위대한 신성을 알아보지 못하니 너희들은 우매하다. 보아라. 저분이 바로 그대들의 구원자시다."

"구원자라니요?"

"저분이 바로 진정한 신중좌(神中座)이시다. 모든 것이 거

짓된 자, 위신(僞神)에 불과한 그놈에게 내가 속았고 너희가
속았으며 천하가 속았다."

"아니 갑자기 그게 무슨 소리……."

금천이 다시 조휘를 향해 시선을 옮기며 무한한 경외심으
로 몸을 낮춘다.

"그대들은 진정 느끼지 못하는 것인가. 저 오롯한 의지로 천
지만물의 운행을 자유로이 하신다. 그 힘의 원천이란 역설적이
게도 법칙과 인과를 무한히 부정하는 의지. 너희들은 반드시 크
게 귀를 열어 들어야만 하느니, 저 위대한 존재께서 하늘에 새
기신 성좌(星座)의 신명은 '존재(存在)를 부정하는 자'이시다."

"조, 존재를 부정하는 자?"

웅성웅성.

우우우우우웅―

조휘의 주위로 발하고 있는 광휘가 한층 더 밝아졌다.

수만의 맹도들이 동시에 그의 신명(神名)을 인식하자 그의
존재감이 한층 뚜렷해진 것이다.

총군사 제갈찬휘가 힘없는 눈빛으로 금천을 향해 걸어왔다.

"허면 대사님, 달마진경은……."

"위신(僞神)의 간교함에 놀아난 이가 어디 너와 나 둘뿐이겠
느냐. 달마진경이 주는 사악한 마력에 의해 사람들은 본연의
존재력이 크게 약해질 것이다. 이는 그놈의 섭식(攝食)을 돕는
행위이니 어서 그 흉악한 물건을 주인님께 바치도록 하라."

"……."

소검신이 주장하고 나섰던 어처구니없는 음모론이 그렇게 공공대사의 입을 빌어 다시 한 번 공변되었다.

그러자 맹도들의 혼란은 걷잡을 수 없이 증폭되었다.

대관절 사람의 영혼을 먹어 치우는 존재라니!

그런 엄청난 재앙은 고대의 전설부터 전해지는 대요괴(大妖怪)들이 부렸던 술수가 아니던가?

"그런 천하에 사악한 대요괴가!"

무림의 역사가 태동한 이래 인간의 호기심을 자극하는 신비로운 전설들은 수도 없이 전해 내려오고 있었다.

허나 인간들은, 단 한 번도 그런 저주를 '실체'로 맞이한 적이 없었다.

"그놈은 요괴 따위가 아니다! 비록 간교한 위신에 불과하나 '위대한 석판'에 신명을 새긴 엄연한 성좌! 일을 가벼이 보지 말라!"

위신이니 성좌니 위대한 석판이니 하는 말들은 좌의 비밀을 알지 못하고서는 결코 알아들을 수 없었다.

당연히 맹도들은 그런 금천의 말에 혼란만 가중될 뿐이었다.

그때 갑자기 하늘이 밝아진다.

작열하는 태양광이 다시금 무림맹을 비추기 시작한 것이다.

그렇게 조휘는 천하에 드리웠던 자신의 의지를 거두고서 담담한 얼굴로 총군사 제갈찬휘를 바라보고 있었다.

"이제 말귀는 다 알아들은 것 같은데."

"……."

지금 벌어지고 있는 일들의 황당함에 차마 입도 열지 못하고 있는 제갈찬휘.

예상되는 이런저런 소검신의 책략들을 치열하게 대비해 왔지만 이런 건 도무지……

만약 소검신과 공공대사의 말이 진실이라면 유사 이래 벌어질 최악의 재앙을 자신의 손으로 직접 일으킨 것이 된다.

중원 문명의 존속마저 위태롭게 만들 대악몽의 효시(嚆矢)를 무림맹의 이름으로 당겼다?

"법보 가져와."

"아, 알겠소."

순간, 조휘의 두 눈에 지극한 황당함이 물들었다.

"와 이건 예상 못 했네. 그걸 직접 몸에 지니고 있었다고?"

총군사 제갈찬휘가 품에서 꺼내 보인 것은 손바닥 크기의 작은 원반.

역시 자신의 예상대로 고차원적인 기술이 집약된 초미래의 물건이라는 것을 단숨에 느낄 수 있었다.

조휘가 허공섭물의 수법을 일으키자 원반이 제갈찬휘의 손을 벗어나 천천히 날아왔다.

원반을 이리저리 살펴보던 조휘가 막강한 의념을 일으켜 그대로 압착(壓搾)하려고 들었다.

"이런 벨붕 사기템은 역시 고전 시대에 있어선 안 되겠지."

그러나.

"뭐, 뭐야?"

가볍게 펼친 의지에 불과했으나 그 힘에는 산맥마저 으스러뜨릴 수 있는 막대한 거력이 응축되어 있었다.

그러나 잠시 진동하다 잦아들 뿐 마치 자신의 힘을 흡수라도 한 듯 원반의 외관에는 흠집조차 생기지 않았던 것.

도대체 경도(硬度)가 얼마나 엄청나기에 흠집조차 나지 않을 수가 있는 거지?

분명 최고의 경도를 지닌 다이아몬드조차도 가루처럼 바스러져야 정상인데!

오기가 치민 조휘가 의념을 유형화하여 자신의 철검에 칼날처럼 드리웠다.

이것은 자신으로서도 처음 시도해 보는 것이었으나 아마도 일반적인 강기(罡氣)에 비해 그 강도가 수십 아니 수백 배는 상회할 것이다.

가가가가각!

그렇게 상상할 수도 없는 날카로움이 가해지자 엄청난 불꽃이 튀며 원반이 진동했다.

"와! 이런 미친!"

그저 용암처럼 붉은빛만 잠시 감돌다 사라질 뿐 이번에도 멀쩡하다.

힘이 넓은 면적에 가해졌기 때문에 부서지지 않았다고 생각했지, 설마 강기처럼 의념을 날카롭게 유형화했음에도 생채기 하나 만들지 못하리라고는 생각지도 못했다.

무슨 신비의 우주 금속이라도 되는 건가?

금천이 조심스레 고개를 들어 조휘를 바라보더니 침중하게 입을 열었다.

"그의 신력이 깃들어 있사옵니다."

"그놈의 신력(神力)?"

"그렇사옵니다. 주인님의 힘으로도 파괴할 수 없는 물건이란 존재할 수 없사옵니다. 신력이 아니고서야 설명될 수 없는 일이옵니다."

하지만 조휘는 고개를 가로저었다.

"아니야."

저 금천은 자신과 달리 미래를 모른다.

자신이 살아온 현대 시대 때만 해도 나노공학을 활용한 다양한 탄소 합성 물질이 탄생되었다.

하물며 그보다 훨씬 미래 시대라면 자연계에 존재하는 천연 물질보다 훨씬 뛰어난 인장 강도와 초고경도를 지닌 합성 물질들이 무수히 탄생되었을 것이다.

하지만 그래도 이건 좀 상식 밖이다.

지금 자신의 힘은 인정하기는 싫지만 신의 힘이라 불린다.

그런 초월적인 힘이 이리도 뾰족하게 작열했음에도 흠집

조차 생기지 않는다는 건 아무리 생각해도 이해할 수 없는 노릇이었다.

도대체 무슨 기술이 적용되었기에 신력조차 닿지 않는다는 말인가.

미래 세계의 나노 기술에 대한 경외감마저 생길 정도.

"그럼 일단 압수."

그렇게 원반 법보를 품에 갈무리한 조휘가 다시 제갈찬휘를 힐끔 바라보았다.

"칩…… 아니 달마진경은 얼마나 만들어 놨지? 아직 재고가 남아 있을 거 아니냐고."

제갈찬휘는 결국 모든 것을 내려놓고야 말았다.

"대략 만 개 정도가 아직 남아 있소."

"어휴, 많이도 찍어 놨네."

이마에 칩이 박힌 채 자신을 바라보는 무수한 맹도들을, 조휘가 또렷한 눈으로 응시하며 다시 입을 열었다.

"당신들도 알아들었으면 그 마물들을 모두 이마에서 떼어 내라고요. 당신들 말대로 대요괴에게 산 채로 영혼을 잡아먹히지 않으려면."

"아, 알겠습니다!"

"그리하겠습니다!"

그러던 조휘가 문득 사방을 훑어보다 피식 웃었다.

"쫄보 새끼."

분명 맹의 수뇌들이나 맹도들 사이에 놈의 화신(化身)이 존재할 것이 분명하거늘.

　자신이 일을 이렇게까지 망쳐 놨음에도 신좌는 끝내 스스로 실체를 드러내지 않았다. 그 하나만으로도 조휘는 무섭도록 치밀하고 은밀한 그의 성향을 읽을 수 있었다.

　놈으로서도 오늘의 일은 전혀 예상치 못했을 것이다.

　이어 금천에게로 조휘의 나직한 음성이 들려왔다.

　"총군사를 추궁해 남은 달마진경을 전량 회수하여 복귀하도록."

　"존명!"

◆ ◈ ◆

　무림맹에서 벌어진 엄청난 사건으로 인해 강북 전체가 흉흉한 소문으로 혼란에 빠질 무렵.

　자신의 집무실에 돌아온 조휘는 벽면에 펼쳐진 너른 중원 전도에서 무림맹의 표식이 있는 쪽을 무심히 바라보고 있었다.

　'이렇게 쉬울 리가 없는데.'

　달마진경은 수천 년 동안 철저하게 계획된 음모의 종착역.

　그러므로 자신이 무림맹에서 했던 모든 일들은 신좌의 계획을 완벽한 백지로 만들어 버릴 만큼 엄청난 사건일 수밖에 없었다.

그럼에도 이렇게까지 아무런 반응이 없다는 것은 조휘를 못내 불안하게 만들었다.

품에서 원반을 꺼내 무심한 표정으로 만지작거리고 있는 조휘.

'분명 이걸 회수하려 들면 놈이 나타날 거라 생각했는데.'

분명 금천도 신좌로부터 전해 받은 법보는 이것 하나뿐이라고 했다.

모든 사물을 복제할 수 있는 이런 엄청난 물건은 결코 흔할 리가 없었다.

'도대체 왜지? 왜 방관하고 있는 거지?'

강림(降臨).

모든 인간을 섭식하기 위해 수천 년 동안 준비해 온 신좌의 마지막 대계.

그런 엄청난 대계를 완성시켜 줄 물건이 이렇게 쉽게 자신의 손에서 노리개가 되어 있다는 것이 도무지 믿기지가 않았다.

입장을 바꿔 만약 자신이었더라면 아무리 준비가 되지 않았다 한들 죽이 되든 밥이 되든 일단 나서고 봤을 것이다.

인기척도 없이 집무실에 들어온 제갈운이 생각이 복잡한 조휘의 표정을 유심히 관찰하고 있었다.

"너 그런 표정일 때 꼭 사고를 치던데."

"흰소리 그만하고. 남궁 형은?"

제갈운이 피식 거렸다.

"사마 공자와 함께 대취해서 뻗었어."

마주 씁쓸하게 웃는 조휘.

사마(司馬)와 남궁(南宮)의 이름이 무림맹에서 먹힐 거라고 둘 다 큰소리를 크게 쳤었다.

한데 소검신의 신위가 모든 일을 해결했을 뿐 자신들은 아무것도 하지 못하고 그저 조휘의 뒤에 서 있는 병풍이나 마찬가지였으니 당연히 쓰디 쓴 술이 생각날 수밖에.

제갈운이 의자를 가져와 탁자에 당겨 앉더니 조휘의 손에서 놀아나는 원반을 향해 호기심을 드러냈다.

"그게 법보?"

"그래."

조가대상회의 어엿한 군사가 되었으니 제갈운도 모든 전후 사정을 들은 상태였다.

그로서도 모든 사물을 복제할 수 있다는 저 무한의 법보란 가히 신비의 대상 그 자체.

"맹이 그 법보로 대륙전장의 전표를 찍어 왔다는 게 사실이야?"

"그게 총군사의 실토다."

"……."

황실이 이번 일을 먼저 알아 버렸다면 과연 어떻게 됐을까?

화폐를 무단으로 찍어 내는 행위란 황법이 정한 최고형의 대상이었다.

제갈세가가 구족멸문(九族滅門)이 되었을 수도 있었다고 생각하니 제갈운은 마음이 끝도 없이 침잠할 수밖에 없었다.

"미쳤군. 정말 다들 미쳤어……."

도대체 그 똑똑하다는 신기제갈가가, 그 명망 깊은 가문의 어른들이, 왜 그런 짓을 벌인 것인지 제갈운은 이해할 수가 없었다.

무한히 화폐를 찍어 내다 보면 결국 가치가 유지될 수 없다는 것은 지극히 간단한 상식이었다.

게다가 대륙전장이 보유하고 있는 은자가 무한한 것도 아니었다.

전표를 무한히 매입하다 보면 결국 그들이 가장 먼저 이상함을 느끼고 황실에 보고했을 것이다.

자연히 수개월 내에 그 무시무시한 동창의 추적이 완료될 것이고, 무림맹은 역도(逆徒)의 무리로 규정당해 파국을 맞이할 수밖에 없었을 터.

그렇게 이해할 수 없다는 듯한 표정의 제갈운을 향해 조휘가 의미심장하게 웃었다.

"뻔하잖아? 절멸(絶滅)의 때가 그보다 빠르단 거지. 그나저나 이건 대체 어떻게 쓰는 거지?"

그렇게 제갈운이 처연한 얼굴로 말없이 굳어 있을 때.

삐빅-

-소유자의 염동(念動) 파동 확인.

갑자기 유려한 미색의 기계음이 들려온다.

-확인 완료. 고유 염동의 보유자는 개발자로 확인됩니다. 개발자 모드로 진입하겠습니까?

아, 아니 이건 또 무슨 개소리야!

염동 파동?

게다가 뭐 개발자 모드?

이건 뭐 황당하다 못해 사고마저 정지되는 기분.

'염동 파동이란 게 도대체 뭐지?'

-인간의 스피리츄얼 파워는 모두 고유의 파동을 지니고 있습니다. 쉽게 말해서 영혼(靈魂)이 지닌 지문이라 할 수 있습니다.

조휘는 그야말로 깜짝 놀랄 수밖에 없었다.

이 요상한 원반이 자신의 생각을 읽는 능력까지 지니고 있었기 때문이다.

'……내 생각을 읽었다고?'

-염동의 파동을 확인할 수 있다는 것은 사용자의 생각을 읽을 수 있다는 뜻과 동일합니다.

조휘가 침중한 얼굴로 생각에 잠기더니 이내 다시 궁금증을 드러냈다.

'그러니까 내 염동 파동이라는 것이 널 만든 개발자의 염동 파동과 일치한다는 거야?'

-그렇습니다. 현 사용자님께서 본 프로그램의 개발자가 아

닐 확률은 계산상 한없는 무한소(infinitesimal)에 가깝습니다.

확률이 한없이 무한소에 가깝다는 말은 달리 말해 제로(0)를 일컫는 말이었다.

그러니까 한 치의 오차도 없이 동일하다는 뜻.

아니 그게 말이 되는 소린가?

자신은 이런 걸 만든 적이 없었다.

아니, 이렇게 보고 만져 보는 것조차 처음이거늘 어떻게 자신이 이 물건을 만든 사람이 될 수 있단 말인가?

-개발자 모드로 진입하겠습니까?

전에 보았던 달마진경, 아니 뉴럴링크 칩도 방화벽을 통과하지 못한다면 의식이 닫히는 막대한 부작용이 뒤따랐다.

아무런 사전 정보도 없이 덜컥 개발자 모드라는 괴이한 프로그램 내부로 진입할 수는 없었다.

"일단 개발자 모드는 거절한다. 사물을 복사할 수 있는 네 능력만 사용할 수 없나?"

-**나노 클로닝(nano cloning)은 가장 기본적인 기능입니다. 물질계에 존재하는 원소 기반의 모든 물질들은 클로닝할 수 있습니다. 다만 다양한 동위 원소를 필요로 하는 물질은 클로닝 과정에 복잡성이 부여되므로 시간이 걸릴 수 있습니다. 클로닝할 원본을 스캔하시겠습니까?**

원소 기반의 모든 물질들을 복제할 수 있다는 대답에 조휘는 그야말로 어안이 벙벙해졌다.

사실상 지구상에 존재하는 모든 물건들을 복제할 수 있다는 뜻이었기 때문.

　이 말인즉, 자신이 가지고 있는 최고의 보물인 만년빙정(萬年氷精)조차도 무한으로 찍어 낼 수 있다는 뜻이었다.

　조휘가 약간은 상기된 표정으로 자신의 조가철검(曹家鐵劒)을 탁자 위에 올려놓았다.

　"이걸 복제하겠다."

　-스캔을 시작합니다.

　이윽고 원반에서 마치 레이저와 같은 수십 갈래의 광선이 흘러나와 철검을 스캔하기 시작한다.

　-스캔 완료. 클로닝에 필요한 재료의 자체 수급 불가 판단. 재료의 공급을 요청합니다. 요청 재료는 다량의 철 원소(Fe)가 포함된 광물입니다.

　"자체 수급도 가능하다고?"

　-자연계에 존재하는 물처럼 비교적 간단한 클로닝은 대기 중에 떠도는 원소로도 가능합니다만, 저 물체는 특정 원소의 함유량이 과다하여 재료가 필요합니다.

　이쯤 하면 굳이 확인해 보지 않아도 이 원반의 능력을 대충이나마 파악할 수 있었다.

　"됐어. 하지 않겠다."

　-활성화를 종료합니다.

　내내 은은한 빛이 일렁이고 있던 원반은 그렇게 발광을 멈추었다.

하지만 조휘는 여전히 그런 원반에서 눈을 떼지 못하고 있었다.

물질계에 존재하는 모든 사물을 복제할 수 있는 나노 클로징이 무려 '기본적인 기능'이란다.

허면 또 다른 엄청난 기능들이 숨겨져 있다는 뜻.

개발자 모드에 진입하면 어떤 다른 기능들이 드러날지 조휘는 도무지 상상도 되지 않았다.

그 모든 것을 지켜보던 제갈운이 때 아닌 의문을 드러냈다.

"왜 뭔가를 하다가 만 거야? 혼자 구시렁구시렁거리다가 그렇게 끝내 버리면 난 아무것도 파악할 수 없잖아."

"이 원반이 물건을 복제할 수 있는 건 확실해. 굳이 번거롭게 확인할 필요는 없어 보인다."

"사실이라고?"

당장 제갈운의 머릿속에 떠오른 것은 공청석유(空靑石油)나 야명주(夜明珠)와 같은 무가지보의 보물들.

단 한 방울이라도 섭취할 수 있다면 엄청난 내공의 증진이 가능한 천고의 영약들이나 웬만한 성(城)의 가치와 맞먹는다는 야명주 따위를 무한히 복제할 수 있다니!

제갈운은 그야말로 정신이 아득해질 지경이었다.

오직 절대적인 신(神)만이 할 수 있다는 창조(創造)가 가능한 것이나 마찬가지인 셈.

자신의 눈앞에 있는 이 원반은 단순히 보물이라 칭하기조차도 무색했다.

과연 이런 물건이 세상에 존재해도 되는 것인가?

저 작은 원반의 가치란 가히 제국 전체, 아니 중원 문명 전체의 가치조차 능가할지도 모른다.

저 엄청난 보물 앞에서 감히 누가 부(富)와 희귀성을 과시할 수 있단 말인가!

"넌 정말 엄청난 걸 얻었군."

중원 문명 전체가 경악할 저런 보물을, 그 엄청난 인의 장막 뒤에 숨어 있는 적의 수뇌에게서 빼앗아 오다니.

분명 소검신은 자신의 친우이거늘 왠지 점점 멀어져만 가는 기분이 드는 제갈운이었다.

"이 물건은 규격외다. 쓰여서는 안 되는 물건이지. 파괴할 수 없다면 세상에서 가장 안전한 곳에 보관하는 수밖에."

"세상에서 가장 안전한 곳?"

조휘가 피식 웃으며 자신의 품 안에 원반을 도로 넣는다.

"바로 내 품 안이지."

"미친놈."

갑작스런 친우의 오만함에 입으로는 미친놈 소리가 절로 흘러나왔지만 사실 그의 말은 하나도 틀린 것이 없었다.

제갈운은 조휘의 진정한 신위를 아는 몇 안 되는 사람들 중 하나였다.

당연히 그의 품 안보다 더 안전한 곳이란 이 세상에서 존재할 수 없다는 것을 누구보다 잘 알고 있는 것이다.

이제 그는 명실상부한 천하제일인, 아니 어쩌면 고금 제일의 무인일지도 몰랐다.

"다음 계획은?"

제갈운의 의문에 조휘의 얼굴이 금방 침중해졌다.

"없어. 도무지 모르겠네."

"계획이 없다고?"

조휘가 침중하게 고개를 끄덕인다.

"토끼 굴에 불을 지피면 당연히 토끼가 정신없이 튀어나와야 정상인데 아무런 반응이 없어. 참 이상한 노릇이지. 이런 엄청난 보물을 빼앗겼다면 모든 것을 제쳐 두고서 뛰쳐나와야 정상인데 말이야."

제갈운은 신좌라는 엄청난 존재를 고작 토끼에 비유하는 조휘의 담대함에 질려 버릴 것만 같으면서도 책사답게 곧바로 대안을 제시하고 나섰다.

"그렇다고 넋 놓고 상대의 반응만 기다릴 수는 없잖아. 일단 무림맹의 동요가 심각하니 그쪽의 동태를 살피는 건 야접에게 맡겨 놓고 우린 우리대로 대책을 세워야지."

"대책?"

"네가 신좌라면? 달마진경을 통해 섭식할 인간이 줄어들었다면? 그다음에는 뭘 하겠어?"

"음……."

제갈운의 봉황금선이 거칠게 펄럭였다. 마음이 급해지면 나오는 그 특유의 버릇이었다.

"그가 곧바로 반응하지 않는 이유야 뻔해. 이미 자신의 화신(化身)이 너에게 아무런 해를 끼칠 수 없다는 걸 통천존신을 통해 확인했잖아?"

"화신 따위의 능력으로는 날 막을 수 없으니 굳이 화신을 희생시키지 않았다?"

"너 같으면 굳이 자신의 화신을 드러내 소모시키겠어? 그 화신이라는 것도 오랜 세월 공을 들여야 한다며?"

"막대한 인과가 필요하지."

제갈운의 두 눈에 더없이 진득한 빛이 발했다.

"화신으로는 결코 널 도모할 수 없다는 판단을 내린 신좌가 그다음에는 뭘 할 것 같아?"

조휘의 등줄기에 소름이 좌르르 돋아난다.

"설마……!"

"그래. 수단과 방법을 가리지 않고 서둘러 강림(降臨)하려 들겠지. 곧 그의 본체가 이 중원에 현신하게 될 거야. 그의 계획이 앞당겨지는 거지."

제갈운이 봉황금선을 접으며 침울한 신색으로 굳어졌다.

"조가대상회나 무림맹. 그런 인간적인 전략 놀음은 이제 모두 끝났어. 뭐 애초에 인간들의 싸움은 아니었잖아?"

259

"음……."

조휘의 충격은 제법 심했다.

신좌가 중원에 뿌린 달마진경을 회수하는 것.

조휘는 그런 자신의 행위가 중원의 절멸을 막기 위한 것이라 여겨 왔다.

한데 역설적이게도 신좌의 강림을 앞당기는 결과를 초래한 것이다.

제갈운의 말을 모두 듣고 보니 사전에 조금만 더 신중했더라면 모두 충분히 예상할 수 있는 일이었다.

"원래 일이란 것이 그래. 벌어지고 난 뒤에는 모든 것이 오류투성이고 한심해 보이지. 그런 식으로 결과만 따질 거면 원래부터 최선의 책략이란 없는 것이나 마찬가지야."

하지만 제갈운의 이 말이 과연 조휘에게 위로가 될까.

자신의 손에 중원 문명의 존속이 달려 있는 것이나 마찬가지였기에 그 중압감은 한낱 범인으로서는 상상할 수도 없는 것이었다.

"이번에 그 법보를 빼앗아 온 것, 그리고 달마진경을 모두 폐기시킨 것이 그에게 어떤 타격을 가하게 되었는지 사실 우린 예상만 해 볼 뿐 정확하게는 모르잖아? 상상외로 엄청난 타격일 수도 있어. 너무 자책하지 마."

조휘가 여전히 침중한 표정을 풀지 못하며 힘겹게 입을 열었다.

"신좌의 강림이 앞당겨진다면 우린 무슨 대비를 할 수 있을까."

"우리의 대비? 그런 게 있을 리가."

눈살을 찌푸리는 조휘.

"무슨 소리냐 그건 또."

피식 웃던 제갈운이 봉황금선으로 조휘를 가리켰다.

"책사로서의 내 판단은 소검신의 능력을 최대한 개화시키는 것. 나머진 모두 보조적인 것들이라 무의미해."

아니 세상이 절멸하는 마당에 모든 것을 한 사람의 역량에만 기댄다니!

"이보세요, 소검신님. 당신은 가벼운 의지 하나만으로 성(省) 단위의 거대한 땅을 일거에 지워 버릴 수도 있는 엄청난 무인이에요. 본인이 수만의 무림맹도들을 단신으로 제압하고서 유유히 보물을 들고 빠져나와 놓고는 왜 이제 와서 시치미를 떼실까."

"……."

"신들의 전쟁은 신들끼리 알아서 하라고요. '존재를 부정하는 자'님."

제갈운이 내린 그런 판단을 조휘는 감히 반박할 수가 없었다.

막연히 인정하기가 싫었을 뿐 사실 좌들의 힘 앞에서는 화경이든 절대경이든 '인간의 힘'은 모두 무의미했다.

그 존재력 차이란 비교하기가 민망할 정도로 까마득했다.

더욱이 극의념계를 초월하며 얻은 자신의 힘조차 영원에

가까운 시간 동안 군림해 온 진정한 성좌들에게 통할지도 사실은 미지수였다.

그러나.

"내 싸움만으로 몰지 마라."

조휘의 표정이 극도로 침잠한다.

"좌들의 일수에 태산이 뒤집어지고 대호(大湖)가 사라지는데 한낱 필멸자에 불과한 인간들이 뭘 할 수 있겠냐고?"

조휘의 질리도록 서늘한 눈빛.

"억(億)에 달하는 모든 중원인들이 한 삽씩만 퍼도 산야가 지워지고 포양호를 메울 수 있다."

그것은 조휘가 평소 생각하던 '인간'에 대한 확신.

"모두의 열정으로 함께 대적해야 한다. 그전에 이 싸움은 결코 쉬이 끝나지 않아."

이것 역시 왠지 모를 조휘의 예감.

짧은 생을 누릴 수밖에 없기에, 그런 '사람의 열심'은 우주적인 관점에서 엄청난 가치를 지닌다.

그것은 굳이 누가 가르쳐 주지 않았음에도 절로 깨닫게 된 자신만의 철학이었다.

조휘가 꽉 쥔 주먹을 제갈운에게 내민다.

"너와 나. 우리 모두가 죽을힘을 다해 맞서야 한다. 이건 내 싸움이 아니라 우리 모두의 싸움이라고."

'좌의 이름'까지 얻은 마당에 자신의 성취를 점검하는 것이 무슨 의미가 있겠냐마는, 그렇다고 제갈운의 조언을 완전히 무시할 수만은 없었다.

소검신의 능력을 최대한도로 개화하는 것이 최선이라는 그의 판단을 자신도 부정할 수 없었기 때문이다.

결국 조휘는 한적한 전각을 연공실로 급조하여 폐관에 들었다.

가부좌를 튼 채 스스로를 관조하기며 무아지경에 빠진 것이 벌써 두 달째.

심상 수련이야 이미 공허의 주계에서 질리도록 해 온 수련이지만 기이하게도 현실에서의 수련은 또 느낌이 달랐다.

이곳에서는 깨달은 심상(心想)을 제대로 현실에서 구현해 낼 수가 없었다.

기묘한 수가 떠올라 초수로 펼치려 해 봐도 그 오묘한 느낌을 제대로 의념과 몸으로 펼칠 수가 없는 것이었다.

왜 그런 현상이 생기는지 처음에는 의아했지만 조휘는 이내 그 이유를 깨달을 수 있었다.

해답은 공허의 주계.

그 공간은 다름 아닌 일정한 격(格)을 이룬 자가 존재력을 수련할 수 있는 최적의 장소였다.

어떤 이치가 숨어 있는지 몰라도 조금의 의념만 일으켜도 그 위력이 수십 배로 증폭되었으며 무엇보다 떠올린 심상을 구체화하는 것에 어떤 막힘도 없었다.

집중하면 사고가 무한히 확장되는 느낌이 들었던 공허의 주계와는 달리, 이곳 현실에서는 집중하면 집중할수록 오히려 안개 속을 헤매는 것처럼 모든 것이 모호하고 의뭉스러웠다.

궁극에 이른 수법을 발견했다며 기뻐하다가 삼재검법의 횡소천군보다도 어리석게 느껴진다.

답을 찾았다 싶다가도 결국 아무것도 깨달은 것이 없게 되는 허망한 느낌.

결국 조휘는 이제 이런 심상 수련으로는 아무것도 이루지 못할 것이라는 확신이 들었다.

그가 그렇게 폐관을 접기로 마음먹고 연공실을 박차고 나왔을 때, 가장 먼저 남궁장호가 달려왔다.

"뭐야? 나만 기다린 사람처럼?"

"네가 나오기만을 기다렸다."

과연 남궁장호를 살펴보자 오랫동안 식음을 전폐하고 기다린 사람처럼 얼굴이 푸석푸석했다.

"아니 중요한 일이 있으면 인기척을 내면 될 것이지 그걸 또 무식하게 기다린 거야?"

"무인에게 연공이란 무엇보다 중요한 순간이다. 네가 깨달음을 얻어 중요한 시간을 보내고 있을지도 모르는데 어찌 함부로 방해할 수 있겠느냐."

"어휴, 무식해."

조휘가 오랜만에 맞이하는 햇살을 눈을 찡그리며 바라보다 자신의 옷을 툭툭 털었다.

"그래 무슨 일인데? 말해 봐."

"일단 당가(唐家)의 가주께서 찾아오셨다. 당가타의 쟁쟁한 원로들을 모두 대동하고서. 이미 한 달 전부터 너를 기다리고 계시지."

"당가주가? 왜?"

사천당가는 특유의 폐쇄적인 가풍으로 인해 웬만한 일로는 결코 당가타를 벗어나지 않았다.

하물며 원로원 전체를 함께 대동하고서 나타났다?

사천당가의 가주가 특별한 일도 없이 출도를 결심했다는 것부터가 기이한 일이었다.

"허……."

조휘가 저런 순진한 얼굴로 '왜?'라고 되물어 오니 남궁장호는 순간 말문이 막히고 말았다.

본인이 무림맹에서 벌였던 일이 얼마나 엄청난 짓인지 모르고 있단 말인가?

강호에 무서운 심계로 이름 높은 소검신이 스스로 벌인 일로 초래될 여파를 계산하지 못했다는 것은 실로 우스운 일.

정말 알다가도 모를 놈이었다.

"그들뿐만이 아니다. 사마세가와 하북팽가 또한 마찬가지며 아버지도 와 계신다. 오대세가 전체가 조가대상회와의 회합을 원하고 있는 거다."

"그러니까 왜? 무슨 일인데?"

"모두 네놈이 수만의 맹도들을 앞에 두고 세상의 절멸을 운운하는 바람에 생긴 일이 아니더냐! 그 공표가 평범한 사람도 아니고 무려 팔무좌인 소검신의 입에서 나온 말인데 확인하고 싶은 것이 당연지사가 아니더냐!"

"아, 난 또 뭐라고."

그렇게 조휘를 거칠게 쏘아붙이던 남궁장호가 귀를 후벼 파다 휘휘 부는 조휘의 태도에 결국 한숨을 푹 쉬고 말았다.

"후…… 그들이 다인 줄 아느냐. 방장께서도 널 찾아오셨다."

"방장(方丈)?"

드넓은 천하를 통틀어 방장이라 불리는 이는 단 한 명.

"공천대사(空天大師)가 왔다고?"

팔무좌급의 명성을 자랑하는 천하의 기인인 그가 어째서?

더욱이 소림은 무림맹의 주축 격인 문파가 아닌가?

"소림의 가장 큰 어른인 공공대사께서 조가대상회의 휘하를 자처한 것으로도 모자라 네놈 앞에서 종복처럼 굽실거리는 모습을 전 무림맹도가 다 보았다! 소림에게는 그 금천(金天)이 아직도 공공대사이지 않느냐!"

"음……."

"그게 어디 보통일이냐? 당연히 방장께서는 그 일이 어찌 된 영문인지 확인하고 싶은 것이다!"

오래도록 천하제일의 명성을 구가했던 소림의 가장 존경 받는 어른이 소검신의 종복을 자처했다.

그들로서는 얼마나 날벼락 같은 일이겠는가. 그들에게는 그런 일은 결코 일어나서는 안 될 일이었다.

몇 달 동안 그런 정파의 대원로들을 대접하기 위해 진땀을 뺐을 동료들을 생각하니 조휘는 문득 웃음이 터져 나왔다.

"하하! 다들 고생들이 많았겠네."

"……."

저 얄미운 얼굴.

제발 한 대만 때리고 싶다.

두 주먹을 불끈 쥔 채 부들부들 떨고 있는 그런 남중장호에게로 다시 예의 통명한 조휘의 음성이 날아들었다.

"오대세가와 소림이 왔다 그 말이지? 차라리 잘됐네. 어디야? 같이 가 보자고."

◆ ◈ ◆

오대세가의 가주들과 소림의 방장.

그들은 각자의 지방에서 혁혁한 명성을 구가하고 있는 절대적인 강자들이며 그야말로 무림의 대명숙들이었다.

조휘는 그런 엄청난 인사들을 모아 놓고 태연자약하게 절멸의 때와 신좌의 정체를 낭창하게 설명하고 있었다.

"아니……."

창천검협 남궁수는 뭐라고 운을 떼려다 어안이 막혀 다시 입을 꾹 닫고 말았다.

자신의 아들에게 대충 듣긴 했지만 저렇게 소검신의 입을 통해 구체적으로 확인하고 나니 도저히 어지러운 마음을 살필 수가 없었던 것이다.

하지만 그런 그와는 반대로 기다란 수염을 부들부들 떨며 연신 노기를 감추지 못하고 있는 자가 있었으니 그는 바로 공천대사였다.

"아미타불! 그대는 감히 본 소림을 능멸하려 드는 것이오!"

언제나 인자한 미소와 엄정한 기도를 자랑하던 공천대사가 저리도 분노로 몸을 떨고 있는 까닭은 바로 조휘가 소림의 역사와 정체성 자체를 부정하고 있었기 때문이다.

허나 조휘는 충분히 예상하고 있었다는 듯한 여유로운 표정으로 담담히 공천대사를 응시하고 있었다.

"역시 보리달마가 그토록 사악한 존재였다는 것이 소림의 승려들께는 큰 충격이겠죠?"

순간, 공천대사에게서 막대한 기도가 흘러나왔다.

"갈(喝)-!"

꾸르르릉!

귀청이 찢어질 듯한 소림의 사자후가 현신하자 함께 회의에 참여하고 있던 오대세가 가주들조차도 황급히 귀를 틀어막을 수밖에 없었다.

무려 소림방장의 용력이 담긴 사자후(獅子吼).

그 위력이 얼마나 대단한지 회의장 전체가 태풍이라도 만난 듯 거센 충격파에 휘감기고 있었다.

피식-

히죽거리던 조휘가 가볍게 의념을 일으키자 사자후가 떨치던 기파가 급격히 한 점으로 응축되더니 그 위력이 모두 상쇄되어 버렸다.

이를 한껏 당황한 눈으로 지켜보고 있는 공천대사.

"거 목청 한번 시원하네. 평소에 좋은 걸 많이도 드셨나 보네요."

소검신의 엄청난 신위를 목도했음에도 공천대사는 결코 노기를 풀지 않으며 자리에서 벌떡 일어났다.

"그대는 본 소림의 천 년 역사를 능멸했소! 소림은 이를 결코 묵과하지 않을 것이오!"

"어쩔 건데요?"

"소림의 저력을 계속 그렇게 무시했다가는 그대는 결단코 후회하게 될 것이외다!"

조휘가 황급히 손사래를 쳤다.

"어휴, 무시는 무슨. 소림이 제일 무섭죠. 달마 한 놈 때문에 이렇게 모두 피똥 싸고 있는데."

공천대사는 그런 조휘의 행동이 모두 장난스럽게 느껴졌다.

이제 보니 이 소검신이라는 자는 예의범절이라고는 눈곱만치도 없는 천하의 무도한 놈이지 않은가!

세력의 종주는커녕 일개 문파의 문주 자리조차도 벅찬 인사였다.

감히 이런 자가 천하 검종(劍宗)의 우두머리라니!

결국 이를 보다 못한 창천검협 남궁수가 서둘러 중재하고 나섰다.

"일단 그의 말을 끝까지 들어 봄이 어떻소? 조 봉공의 주장이 진실이라면 기실 소림의 대사(大事)란 것도 따질 수 없는 계제가 아니오?"

공천대사가 남궁수를 매섭게 노려보았다.

"가주께서는 남궁의 역사가 짓밟히고도 그런 소리를 할 수 있겠소이까?"

"우리 사람들 모두가 절멸(絶滅)한다고 하오. 이 마당에 남궁이니 소림이니 무슨 의미가 있겠소이까."

"아미타불……!"

독룡제 당무호의 매서운 눈초리가 조휘를 향한다.

"달마…… 아니 그 신좌란 자의 경지가 어느 정도나 되오?"

조휘가 잠시 생각해 보다 가늘게 고개를 가로저었다.

"모르죠. 단 이 소검신보다는 훨씬 상위일 겁니다."

이제 막 좌(座)에 이름을 새긴 자신과는 달리 신좌는 이미 오랜 세월 동안 존재력을 갈고닦아 왔다.

그러므로 그가 자신보다 하위의 존재일 가능성은 지극히 희박했다.

"허면 그대가 이룬 경지를 진실되게 말해 줄 수 있겠소?"

이번에도 역시 잠시 생각에 빠졌다가 조휘는 부정의 뜻을 내비쳤다.

"저도 다 설명을 드리고 싶은데 도저히 무학의 경지로는 설명이 불가능하네요."

기이하게 비틀리는 창천검협의 고개.

"강호 무학의 경지로는 설명이 불가능하다?"

"네."

그 말은 엄청난 뜻을 내포하고 있었다.

강호의 일반적인 무학의 경지라면 그 끝은 자연경(自然境)이었다.

바로 그 전설적인 삼신(三神)이 이룩했던 고금 무적의 경지.

한데 저 소검신은 그런 자연경으로도 자신의 무학을 도저히 설명할 수 없다고 천명하고 있었다.

"설마 조 봉공의 말은 자연경조차도 초월했다는 뜻이오? 아니 그보다 상위의 경지가 존재할 수 있소이까?"

천지만물 자연과 교감하는 경지, 즉 천지교태(天地交泰)의 자연경은 그야말로 신(神)의 경지라 불린다.

"아뇨. 저는 자연경에 단 한 번도 이른 적이 없습니다. 제 경지는 그런 일반적인 강호의 경지와는 완전히 결이 다르죠."

"어떻게 다르단 말이오?"

"의념을 무한히 수련하다 보면 더 이상 의념의 총량이 늘어나지도 줄어들지도 않는 단계에 도달하게 됩니다. 저는 그걸 극의념계라 부릅니다."

"극의념계(極意念界)?"

특별히 이름을 붙일 생각은 없었지만 금천(金天)을 제자(?)로 받아들이고부터나서야 자신의 무론은 체계화되었다.

조휘가 그런 자신의 모든 것을 상세하게 설명하기 시작했다.

그러나 이들로서는 의념을 내공처럼 총량 따위로 규정한다는 것이란 도무지 금시초문이었다.

그들에게 의념은 형이상학적인 개념이었기 때문.

"의념이 무슨 내공이오? 허면 의념도 일 갑자, 이 갑자 따위로 양을 가늠할 수 있다는 것이오?"

"충분히 가능하죠."

"그 무슨 말도 안 되는!"

"허어……."

중원 무림의 장구한 역사에 기라성 같은 무인이야 모래알처럼 많았지만, 그들 중 단 한 명도 의념의 극한을 경험한 이는 없었다.

그들에게 의념이란 무한(無限)에 가까운 개념이나 마찬가지.

그 끝을 본 자가 없으니 당연한 일이었다.

한데 이어진 조휘의 말이 더욱 황당했다.

"극의념계를 초월하면 인간의 언어로는 도저히 설명할 수 없는 어떤 초감각(超感覺)이 개화(開花)됩니다. 여기부터 전제 경지를 설명하는 것이 불가능합니다. 말로는 전달할 수가 없기 때문이죠."

극의념계조차도 불가해의 영역인데 그런 경지를 더 초월한 뭔가가 존재한다?

독룡제 당무호가 다시 의문을 드러냈다.

"허면 그런 소검신의 경지를 자연경과 비교한다면 어떻소?"

조휘가 씨익 웃었다.

"극의념계 선에서 이미 자연경은 능가했죠."

"뭐, 뭣이? 어찌 그걸 그리도 단호히 장담할 수 있소이까?"

"전 삼신(三神)을 모두 겪어 본 유일한 무인입니다."

"……."

모든 것이 더없이 황당하다.

전설의 삼신을 모두 직접 보기라도 했단 말인가?

허나 이들 중에서 창천검협 남궁수만큼은 그런 조휘의 주장을 모두 믿고 있었다.

"이보게 조 봉공. 허면 지금 그대의 경지로 최대한으로 가능한 것을 말해 보게."

"음……."

조휘가 눈을 감으며 곰곰이 생각에 잠기더니 천천히 읊조리듯 말했다.

　"병력을 상대하는 것이라면 무한(無限)으로 대적할 수 있을 것입니다. 반면 무언가를 파괴하는 목적이라면……."

　모두가 긴장으로 목이 타고 있을 때.

　"호남, 강서, 절강, 복건, 광동…… 정도의 영역을 지도에서 사라지게 할 수 있겠네요."

　소검신(小劍神).

　그가 단 일수(一手)를 펼쳐 파괴를 장담한 영역은 장강 이남의 절반이었다.

　"……."

　"……."

　모두가 멍한 눈빛으로 꿀 먹은 벙어리처럼 말을 잇지 못하고 있었다.

　강호 역사상 가장 엄청난 신위를 보인 무인은 바로 그 유명한 무신(武神).

　새외대전의 마지막 대혈투 당시, 북해빙궁의 칠천 고수와 남만야수궁의 일만 육천 병력을 단신으로 맞이한 무신은 그 유명한 무해파천황(無解破天荒)을 펼쳐 협곡 전체를 무너뜨리는 신위를 과시했다.

　그렇게 지축이 뒤흔들리는 굉음과 함께 협곡 전체가 무너지기 시작하자 북해빙궁과 남만야수궁의 병력들은 손쓸 틈도 없이 대부분 암석 더미에 의해 매몰될 수밖에 없었다.

그런 장면이 바로 강호인들이 상상할 수 있는 전설적인 무위의 한계 지점.

한데 지금 소검신은 그런 협곡 따위가 아니라 한 지방, 아니 중원 대륙의 사분지 일을 통째로 지워 버릴 수 있다고 호언장담하고 있는 것이다.

조휘의 주장이 너무나 터무니없으니 오대세가의 가주들과 공천대사는 뭐라 반박할 생각도 나지 않았다.

게다가 뭐?

병력이라면 무한으로 상대할 수 있다고?

그 말인즉 상대가 팔무좌든 삼류 무사든 '사람'이라면 무한으로 상대할 수 있다는 뜻에 다름이 아니었다.

강호라는 세상이 탄생한 이래 이보다 더 오만한 선언을 했던 무인이 존재했던가?

그런 조휘의 말을 진지하게 듣고 있는 사람은 창천검협 남궁수가 유일했다.

"허허, 신좌라는 이가 이런 조 봉공보다도 더 상위의 고수라는 건 정말 믿기 힘든 노릇이군."

하북팽가주 무극도왕(無極刀王) 팽율천이 황당하다는 듯한 표정으로 남궁수를 응시했다.

"창천검협께서는 저놈의 말을 곧이곧대로 믿는단 말이오?"

눈썹을 꿈틀거리는 남궁수.

"그는 본 가의 봉공(奉公)이자 팔 무좌이며 이제는 한 세력의 종주요."

남궁수가 엄정한 얼굴로 자신을 노려보자 팽율천은 애써 그의 시선을 외면했다.

사실 팽율천이 조가대상회에 맏아들을 남겨 둔 채 떠난 이유는 막 강호에 혁혁한 명성을 떨치기 시작한 소검신과 친분을 더욱 다지라는 의미였다.

맏아들이 그렇게 폐인이 되어 가문으로 돌아올 줄 알았더라면 결코 하지 않았을 행동.

당연히 그런 그에게 있어 조휘는 세력의 종주가 아니라 당장이라도 찢어 죽이고 싶은 까마득한 후배일 뿐이었다.

하지만 이제 소검신은 함께 팔무좌의 반열에 올라 있는 것이 부끄러울 정도로 더욱 강력한 고수가 되어 있었다.

팽율천은 그런 현실이 한스러울 뿐이었다.

곧 그가 쓴맛을 겨우 집어삼키며 조휘를 향한 어투를 공대(恭待)로 바꾸었다.

"그대의 신위를 증명할 수 있겠소?"

83 章.

조휘가 통명한 표정으로 다짜고짜 의념을 일으켰다.

우우우우웅-

나지막한 공명음.

무려 육 갑자의 불문내공(佛門內功)을 자랑하며 소림혼의
절정이라는 반야대능력의 의념까지 구사할 수 있는 천하의
고승 공천대사의 얼굴에 경악의 빛이 서렸다.

"아, 아미타불……!"

소검신이 펼친 한 수는 지극히 간단했다.

뜻(意)을 현실에 실체화할 수 있는 절대경 이상의 의념 고
수라면 누구나 할 수 있는 의기상인(意氣傷人).

마음이 닿는 곳이라면 어디든 벨 수 있다는 심즉살(心卽殺)의 또 다른 말이요, 그야말로 진정한 무검(無劍)의 경지라 할 수 있는 고차원적인 경지였다.

문제는 소검신이 사방으로 뿌리고 있는 의념의 농밀함과 파괴력이 상상을 불허하는 수준이라는 것이었다.

이런 엄청난 위력이 정말 자신들이 구사하는 의념과 같은 단어로 불릴 수 있는 수준이란 말인가?

회의장에 모여 있는 가주들과 소림방장은 자신들의 주위로 마치 폭풍처럼 몰아치고 있는 엄청난 의념의 압박으로 인해 하나같이 미동도 할 수 없었다.

모두 옴짝달싹하지 못하고 악착같이 이만 깨물고 있을 뿐 어떤 대응도 하지 못하고 있는 것이다.

그런 엄청난 의념의 압박이 일각 이상 지속되더니 조휘의 말문이 새로 열릴 때쯤에 이르러서야 씻은 듯이 사라져 버렸다.

"이게 제가 발휘할 수 있는 힘의 백분지 일입니다."

"허……!"

"뭐라……?"

지금 이 자리에는 정파 무림의 절대자라는 팔무좌 중 셋이나 모여 있었다.

조휘는 천하에 이름 높은 오대세가의 가주들과 소림의 장문방장을 의기상인이라는 지극히 단순무식한 수법으로 동시에 제압한 것이다.

한데 그런 엄청난 의념지도가 자신이 낼 수 있는 힘의 고작 백분지 일이라고?

　팽율천은 아무런 말도 할 수 없었다.

　도산검림의 강호를 헤치며 무수히 많은 고수들과 조우했었지만 이런 경지가 있다는 것은 듣지도 보지도 못했다.

　무한히 뻗어 가는 허탈함.

　그건 마치 뼈를 깎는 각오로 수련해 온 자신의 지난날들이 모조리 허망해지는 심정이었다.

　"이런 저와 강호의 모든 저력을 합친다 해도 섣불리 승부를 장담할 수 없는 것이 신좌입니다. 더 이상 신좌의 경지를 의심하지 마십시오. 그는 말 그대로 신적인 존재입니다."

　남궁수가 자신의 고색창연한 창천검을 어루만지다 이내 처연한 심정이 되어 두 눈을 질끈 감았다.

　"그런 위대한 경지를 이룩한 존재가 고작 이루고자 하는 것이 중원의 절멸이라니……."

　남궁수는 이해할 수 없었다.

　절대경에 오른 자신만 해도 때론 인간사 희로애락이 모두 무의미해질 만큼 공허한 감정이 몰아쳤다.

　하물며 그런 위대한 신의 경지를 이룩한 자가, 인간사 따위가 무어가 그리 대수라고 그토록 많은 사람들을 죽이고 싶단 말인가.

　"신좌처럼 신의 경지에 도달하여 우주불멸에 이른 존재들을 더러 좌, 혹은 성좌라고 부릅니다. 그들 사이에서도 엄연히 계급이 존재하죠."

"계급?"

"네. 자신의 존재를 뚜렷하게 만드는 모든 힘을 통틀어 그들은 존재력(存在力)이라 부릅니다. 우주불멸의 존재들이 서로의 힘을 측량하는 방식이죠. 그런 존재력의 고하에 따라 지위도 있고 계급도 있는 것 같습니다."

"허면 그런 신적인 자들의 세계에서 노닐면 될 것이 아닌가? 달마는 왜 하필 우리 하계(下界)를 탐하는가?"

"아미타불! 단지 소검신의 주장일 뿐! 그 신좌라는 자를 본종(宗)의 조사라고 단정 짓지 마시오!"

공천대사의 거센 반발해도 남궁수의 눈빛은 흔들림이 없었다.

"본인은 조 봉공을 단 한 번도 외인이라 여긴 적이 없소이다. 나는 그를 누구보다도 신뢰하고 있소. 그의 말을 믿지 못하겠다는 것은 남궁(南宮)을 신뢰하지 않겠다는 뜻. 더는 그 문제를 거론치 마시오."

그런 남궁수의 말에 큰 충격을 받은 듯 공천대사는 굳은 얼굴로 연신 불호만 뇌까릴 뿐이었다.

천하를 절멸하려는 천인공노할 존재가 보리달마라는 것은 소림이 결코 받아들일 수 없는 문제.

지금 저 창천검협은 사실상 소림과 척을 지겠다는 뜻을 천명한 것이나 다름없는 것이다.

남궁세가가 아무리 대단한 무가라지만 소림과 척을 지겠다는 것을 다른 세가가 두고만 볼 수는 없는 일이었다.

팽율천이 침중하게 얼굴을 굳혔다.

"남궁 가주. 물과 말은 다시 주워 담을 수 없소."

천하제일가문의 명예를 놓고 끊임없이 서로 경쟁하고 있는 오대세가였으나 그래도 결정적인 순간에는 생사를 함께할 수밖에 없는 운명 공동체.

만약 소림이 남궁세가를 적으로 선포한다면 오대세가는 이를 함께 감당할 수밖에 없는 것이다.

"제왕(帝王)은 일구이언하지 않는다!"

마치 발검할 기세로 창천검을 굳게 움켜잡고 있는 남궁수를 바라보며 팽율천이 질린다는 표정을 짓고 있었다.

팽가의 뚝심과 자존심도 대단했지만 남궁세가도 결코 그 못지않았다.

"하하."

한심한 눈빛으로 오대세가의 가주들과 공천대사를 바라보고 있다가 곧장 헛웃음을 터뜨리고 마는 조휘.

"이 작은 방 안의 사람들조차 서로 합심(合心)이 안 되는데 감히 신을 막겠다고? 씻팔 내가 미쳤지. 됐습니다. 다들 나가세요."

침중한 기색으로 불호를 뇌까리던 공천대사가 무거운 음성을 토해 냈다.

"아미타불. 본 종의 조사를 참람하게 일컬은 그대의 언행을 철회할 생각은 끝내 없으신가?"

"꺼져 이 땡중 새끼야."

다시금 의념의 파동이 광활히 내뻗는다.

감히 그 끝을 측량할 수 없는 무한대의 의념, 아니 존재력!

끝내 조휘가 자신의 올곧은 역량을 모두 드러내기 시작한 것이다.

파스스스스스-

마치 기파처럼 일렁이는 의념의 아지랑이가 무한대의 물리력으로 화하자.

그에 닿은 모든 물질들이 가루가 되어 흩날리기 시작한다.

그렇게 회의장 전각이 마치 처음부터 없었던 것처럼 통째로 기화(氣化)되어 버렸다.

방금 전까지만 해도 육중한 몸집을 자랑하던 거대한 전각이 순식간에 가루가 되어 흩날리는 광경이란 도무지 현실감이 느껴지지 않았다.

그런 조휘의 끝 모를 의념력이 광활한 창공으로 뻗어 가더니 이내 세상이 다시금 암흑천지로 변했다.

그렇게 단 한 사람에 의해 낮(日)이 사라졌다. 무림맹에서 보았던 그 모습 그대로였다.

단 한 점의 빛도 일렁이지 않는 칠흑 같은 어둠이 사방을 드리우자 그제야 오대세가의 가주들은 귀신에 홀린 듯이 중

얼거리던 무림맹도들의 증언이 모두 사실이라는 것을 깨달을 수 있었다.

가슴이 납덩이처럼 무거워진다.

세상에 이런 천지조화를 부릴 수 있다니!

한낱 인간이 어찌 일월성신(日月星辰)의 운행조차 자유자재로 부릴 수가 있단 말인가!

"들어라 소림승."

상대가 천하제일 소림의 장문방장인 자신더러 소림승이라고 낮춰 부르고 있음에도, 공천대사는 노기는커녕 처분만 기다리는 사람처럼 온몸을 벌벌 떨고 있었다.

"그놈의 제자였던 의천존자(義天尊子)와 혼세마(混世魔), 무천도인(武天道人)은 각자의 영혼을 소멸시킨 대가로 영옥들을 탄생시켰다!"

"······."

"그놈 때문에 우리 조가 어르신들은 윤회의 기회조차 얻지 못하고 소멸하셨다! 그놈 때문에 마신의 독고가문 전체가 한줌의 영령으로 화했다! 그놈 때문에 사마세가가 무신을 잃었다!"

"······."

"우여곡절 끝에 신좌가 된 그놈은 더 이상 자신의 제자들을 인간으로 여기지 않았다. 후에 받아들인 여섯 제자들을 그놈은 제자라 부르지도 않고 실험체라 칭했지. 그놈이 여섯 실험체를 통해 한 짓이 뭔 줄 알아?"

조휘가 품에서 서책을 꺼내더니 공천대사를 향해 던졌다. 그러자 그런 공천대사의 주위로만 낮(日)이 재생되었다.

그런 기상천외한 현상에 놀랄 틈도 없이 조휘의 얼음장 같은 음성이 공천대사에게 이어졌다.

"다 읽어 봐라 소림승."

조휘가 그에게 건넨 것은 다름 아닌 금천이 보관하고 있던 무수한 인체 실험의 흔적이었다.

상상도 할 수 없는 엄청난 실험의 흔적들이 빼곡하게 기록되어 있는 일종의 실험 수기.

"……."

실험 기록을 읽어 내려가는 공천대사의 표정이 시시각각 변하고 있었다.

실험의 내용들이 너무도 충격적이라 동요하는 감정을 주체할 수가 없었던 것.

신좌가 지독히도 실험했던 분야는 인간의 감정.

마치 인간이라는 종(種) 자체를 철저히 해부해 보겠다는 계획이 아니고서야 어찌 이런 참혹한 실험을 할 수 있단 말인가?

이건 같은 인간으로서 결코 할 수 있는 실험이 아니었다.

어미에게 아들의 정(精)을 받게 한 후 수태하게 만들고는 그렇게 태어난 아이를 아비에게 준다.

과연 아비는 그 아이에게 부정(父情)을 느낄 것인가?

인간이기를 포기한 이런 처참한 실험조차도 인간의 본성

을 구분 짓기 위한 신좌의 가장 가벼운 실험에 불과했다.

인간의 감정을 하나씩 말살한다.

인간의 영혼은 그 타락을 어디까지 버틸 수 있을까.

어떻게 타락시켜야 인간이라는 종에게 씌워진 우주의 가호(加護)를 무력화시킬 수 있을까.

어떻게 하면 인간의 존재력을 최대한 해치지 않고 섭식할 수 있을까.

그런 지옥 같은 실험의 모든 증거가, 공천대사의 두 눈에 화인처럼 새겨지고 있었다.

"이래도 계속 그 잘난 소림 운운할 거야?"

얼음보다도 더 차가운 조휘의 동공이 공천대사를 해부하듯 응시하고 있었다.

"소림이 계속 그놈을 조사로 모시고 싶다면 지금부터 당신들은 그놈이 세상에 끼친 행악(行惡)을 수천 년 동안 속죄하며 살아야 할 거다. 단순히 공양이나 절 따위로는 되지도 않는다고."

그렇게 한 시진도 되지 않아 소검신과의 회합이 끝났고 오대세가의 가주들과 공천대사는 무거운 심정으로 모두 돌아갔다.

오대세가의 가주들은 각자의 가문을 정리하고 조가대상회에 합류하기로 결정했고, 소림 역시 강호에서 활약하고 있는 모든 제자들을 복귀시킨 후 봉문에 들어갈 것을 천명하였다.

그렇게 오대세가가 무림맹을 탈맹하고 조가대상회에 합류한다는 소식이 전 강호로 퍼져 나가자 그 파급력이란 실로 엄청났다.

신의 경지에 이른 소검신의 신위를 직접 목도했던 맹도들 중에서도 많은 수의 무인들이 조가대상회에 입회하기를 희망하며 찾아오기 시작한 것이다.

이에 동요한 강북인들까지 점점 강서로 몰려오더니 조가대상회는 새로운 무림맹이라 해도 과언이 아닐 정도로 그 규모가 비대해졌다.

그렇게 엄청난 금력을 거머쥔 초거대 상단이 병력의 열세마저 극복하게 되자 조가대상회가 천하제일세(天下第一勢)로 우뚝 서는 것은 시간문제처럼 보였다.

하지만 역설적이게도 문제는 그런 금력에서 터져 나왔다.

"계산상 우리가 받아들일 수 있는 병력의 숫자는 십만 정도가 한계야."

제갈운의 자조적인 대답에 염상록이 눈썹을 꿈틀거렸다.

"그 정도밖에 안 된다고?"

"그것도 조가대상회가 벌어들이는 이문을 모조리 병력의 유지로 환원했을 때야. 미리 원재료를 매입해 두는 그런 투자적인 부분을 모두 포기했을 때야 비로소 가능한 거라고."

조휘가 심각한 어조로 혼잣말처럼 읊조렸다.

"결국 우리 조가대상회는 조금씩 쪼그라들 수밖에 없겠군."

계절의 풍토란 항상 고른 것이 아니었다.

작황(作況)이란 매년 다를 수밖에 없었고, 때문에 그때그

때 허겁지겁 원재료를 수급했다가는 자그마한 변수에도 사업의 규모가 휘청거릴 수밖에 없는 것이다.

무수한 변수가 산재해 있는 상계에서 원재료를 미리 확보해 둘 수 없다는 것은 결국은 사업이 축소되는 것을 의미했다.

"그렇지. 더 이상 투자는 안 되고 제 살 깎아 먹기밖에 하지 못하니 결국 조가대상회가 가진 모든 자산이 소진될 거야."

진가희가 고개를 갸웃거렸다.

"도대체 무림맹은 백만이 넘는 맹도들을 무슨 수로 먹여 살린 거야?"

"맹의 재원은 단순한 사업 분야에 그치지 않아. 기본적으로 구파와 오대세가에서 막대한 금액을 각출(各出)하지."

각기 한 지방의 패자들인 구대문파와 오대세가들이 매달 무림맹으로 각출하는 금액은 어마어마했다.

그중에서도 천하제일인 자하검성을 보유하고 있는 화산파의 자금력이 가장 대단하다고 전해졌다.

금력과 명성은 정확히 비례하는 법.

당대의 천하제일문으로 이름 높은 화산이었기에 향화객의 행렬이란 사시사철 끊이지 않았고 속가와 방계의 규모도 구파 중에서 가장 거대했다.

"게다가 사기적인 법보가 있었잖아."

"그래, 그게 가장 크지."

조휘의 이죽거림에 허탈하게 웃고 마는 제갈운.

그 모두가 제갈세가의 업보이자 치부였기에 웬만하면 언급하기 싫은 그였다.

염상록이 간단한 해결책을 제시했다.

"그럼 우리 조가대상회도 오대세가로 하여금 운영비를 갹출받으면 되는 거 아니냐?"

"그건 싫다."

단호하게 고개를 가로젓는 조휘.

그런 조휘를 동료들 모두가 놀란 표정으로 쳐다보고 있었다.

저 수전노(守錢奴) 같은 놈이 주는 돈을 마다할 때도 있단 말인가?

"우리가 무슨 뒷골목 왈패냐? 오대세가는 이미 각자의 가문을 조가대상회의 곳간을 축내지 않고 독립적으로 운영하고 있다. 우리 조가대상회의 이름 아래 모인 무인들을 먹이고 재우는 일인데 왜 오대세가에게 부담을 주냐?"

제갈운의 진중한 어조가 이어졌다.

"세력의 휘하로 들어왔다는 것은 충심(忠心)을 다하겠다는 의미야. 오대세가가 각자도생할 생각을 버리고 우리 조가대상회의 그늘 아래 모인 이유가 뭔데? 불안해서잖아. 중원이 멸망하는 마당에 살아남기가 아득해서잖아."

"씻팔, 비에 쫄딱 맞은 생쥐 몰골의 아이가 내 우비 속에 들어와 잠시 비를 피하겠는데 은자를 달라고 겁박하리?"

"……."

조휘의 유치한 예시에 말문이 막히고 만 제갈운.

그들은 오랜 세월 천하제일의 가문이라는 명예를 두고 싸워 온, 중원에 존재하는 무수한 무가(武家)들 중 가장 강성한 다섯 가문이다.

아니 어떻게 그런 오대세가를 비 맞은 아이 취급을 할 수 있는 거지?

"무엇보다 신좌의 마수에서 확실히 세상을 구할 자신은 있고? 당장 나부터가 그들을 보호할 수 있는 역량이 있다고 자신할 수가 없다."

문득 장일룡이 끼어들었다.

"중원의 최후를 형님께서 막지 못한다고 해도 우리에게는 지하 공동이 있잖수?"

조휘의 지독히 침잠한 눈빛이 장일룡을 향했다.

"그걸 네가 만들었냐?"

"예 형님?"

"지하 공동의 사용료를 받아야 된다면 장삼봉 어르신이 받아야지 왜 우리가 받는 건데?"

장일룡이 꿀 먹은 벙어리처럼 입을 다물자 조휘가 다시 제갈운을 쳐다봤다.

"일단 조가천상복합루의 모든 공정을 일시적으로 중단한다. 그곳에 투입되던 재정을 모두 군비 유지로 돌려."

그런 조휘의 지시에 크게 놀란 표정을 짓는 제갈운.

조휘가 조가천상복합루의 완성에 얼마나 집착해 왔는지를 가장 잘 알고 있는 자신이었다.

그만큼 지금 조휘는 진심을 다하고 있다는 뜻.

말없이 지켜만 보고 있던 남궁장호가 무거운 음성을 토해 냈다.

"더 이상 강북인들의 입회가 버겁다면 문을 걸어 잠그면 그만이다. 병력을 받아들이는 문제를 네가 왜 그리 집착하는지 모르겠군. 신좌의 능력이 너와 비슷하거나 그 이상이라면 병력의 규모가 무슨 의미가 될 수 있다는 말이냐?"

조휘의 상상할 수 없는 신위를 직접 눈앞에서 목격한 남궁장호로서는 그가 병력의 규모에 집착하는 이유를 도저히 이해할 수 없었다.

그것은 조휘의 동료들 또한 매한가지.

한데 문득 조휘가 남궁장호를 손가락으로 가리키고 있었다.

"일평생 검을 향해 일로정진해 온 남궁 형, 그리고 이 소검신. 물론 강하기는 내 쪽이 훨씬 강하겠지. 하지만 무위를 배제한다면? 평소 마음속에 품어 온 인간적인 열망의 크기만을 절대적으로 평가한다면 어느 쪽이 더 우위에 있을까?"

강비우가 망설임 없이 남궁장호를 시선으로 가리켰다.

"날 제외한다면 그는 내가 본 검수들 중 가장 강력한 열망을 지닌 사내다."

"암, 지고하지. 검을 향한 열정만큼은 남궁 형을 따라갈 자는 강호에 그리 많지 않을 것이우."

조휘도 동의한다는 듯 흔쾌히 고개를 끄덕였다.

"그래. 누구나 아는 사실이지. 바로 그게 내가 문을 걸어 잠글 수 없는 이유야."

그런 조휘를 향해 모두가 의아한 표정을 짓고 있었다.

소검주(小劍主)라 불리는, 그야말로 검에 미친 사내의 광기 어린 열정.

한데 그런 남궁세가의 장자가 지닌 지고한 열정이, 조가대상회가 문을 걸어 잠그는 문제와 무슨 연관성이 있을 수 있단 말인가?

"좌들이 하는 섭식에서 고려해야 할 것은, 섭식할 대상의 존재력(存在力)이 아니야. 중요한 것은 영혼의 순수성, 즉 질이지."

"순수성(純粹性)?"

"그래. 좌들의 시선에서 나와 남궁 형 중 굳이 하나를 선택하여 섭식해야만 한다면 십중팔구 남궁 형을 택할 거다."

조휘가 더 이상 객방이 없어 광활한 연무장에 노숙하고 있는 무수한 강북인들을 응시했다.

"인간 본연의 '열망의 순수성'만 따진다면 최고의 가치를 지닌 자가 저들 중에서 있을지도 모르는 일이지. 절멸의 때가 도래하면 가장 먼저 희생될지도 모르는 자들을 나더러 문전박대하라고?"

다시 동료들을 둘러보는 조휘.

"잘 들어. 좌들에게 섭식을 당한 인간은 윤회가 끊긴다. 말 그대로 절멸이야."

과거 현대인 시절 조휘는 죽음에 관한 다큐멘터리를 본 적이 있었다.

마지막 죽음의 때에 이른 사람들이 가장 두려워했던 것은 놀랍게도 죽음의 고통이 아니었다.

그들이 진정으로 두려워했던 것은 사후 세계, 즉 영혼의 세계가 존재하지 않을 수도 있다는 불안감이었다.

인간 역시 다른 여타의 동물처럼 우연적으로 탄생한 무수한 종(種)들 중 하나일 뿐.

그렇게 단순히 흙으로 되돌아가면 끝인 그저 자연의 한 부분이라면?

혹시 '돌아가셨다'라는 말은 오래전부터 그런 의미로 쓰였던 것이 아닐까?

'자연으로' 돌아가셨다.

"잘 들어. 이 중원 세계의 인간들에게는 아직 윤회의 도정이 이어지고 있다. 하지만 내가 속한 세상에서는 그런 윤회의 도정이 끊겨 있었어. 우리 세계의 사람들은 그저 동물과 다름 없었다고."

일제히 황망한 얼굴이 되는 조휘의 동료들.

"갑자기 그게 무슨 소리냐? 우리 세상이라니?"

조휘는 신좌의 비밀에 관한 것은 동료들에게 모두 말해 주었지만 자신이 환생한 사실은 말하지 않았었다.

한데 그때, 그의 두 눈에 기이한 빛이 감돌고 있었다.

"절멸의 때, 즉 좌들이 섭식을 끝내고 돌아간 후, 겨우 살아남은 인간들은 다시 번영을 이루었다. 하지만 살아남은 인간들 중 몇몇은 곧 자각할 수밖에 없었지. 우주로부터 부여받은 자신들의 오랜 권리, '윤회의 도정'이 완전히 사라졌다고."

마치 조휘가 전혀 다른 존재가 된 듯한 지독한 이질감이 모든 동료들을 당혹케 하고 있었다.

"나는 그런 인간사 최악의 재앙을 막기 위해 이 중원으로 온 자다."

조휘의 두 눈에 서려 있던 기이한 빛이 갑자기 사라진다.

오히려 동료들보다 더욱 당황스러워하는 조휘.

도대체 자신이 지금 무슨 소리를 한 건지 아무리 생각해도 이해할 수 없었다.

'이 내가…….'

그간 의구심은 있었다.

검총(劍塚).

천마삼검(天魔三劍).

무원동(武元洞).

평범한 강호인이라면 단 하나조차 겪기도 힘든 기연들이거늘 유독 자신에게는 그 모든 것이 우연적으로 일어났다고?

더욱이 인간에게 허락된 격(格)을 돌파할 수 있는 유일한 길인 '공허의 주계'는 또 뭐란 말인가?

법천뢰(法天雷)가 펼치는 무량대수의 재앙 중에서 유일한 생문이라 할 수 있는 공허의 주계를 연속적으로 맞이한다는 것은 수학적으로 제로에 가까운 영역이었다.

이런 모든 기연들이란 마치 누군가가 미리 판을 짜 놓은 듯한 치밀한 안배가 아니고서야 도저히 설명이 불가능했다.

더욱이 최근에 이르러서는 한 번도 접해 보지 못했던 우주적 비밀들이 마치 처음부터 알고 있었던 양 절로 머릿속에 떠올려졌다.

그런 간헐적인 느낌은 내내 자신을 괴롭혀 온 의구심.

한데 지금 그런 모든 의심들이 이렇게 구체적인 현상이 되어 자신에게 나타나고 있었다.

'내 안에 뭔가가 있다.'

분명 이건 자신의 존속이 된 영계 존자들의 기억이 아니었다.

미리 판을 짜 놓고서 모든 안배를 자신에게 구겨 넣은 자.

신좌를 막기 위한 자신의 지난날은, 어쩌면 처음부터 모두 계획된 일이었을지도 몰랐다.

생각이 거기까지 미치자 흉신악살처럼 일그러지는 조휘의 얼굴.

자신의 일평생이 누군가의 의도에 의해 조종당해 왔다고 생각하니 그 기분이 처참하지 않을 수가 없는 것이다.

이제 그런 모든 것의 해답을 알아야 할 차례.

갑자기 조휘가 심각한 표정으로 몸을 일으키더니 곧장 회의장 밖으로 나가자 남궁장호가 걱정스럽게 물었다.

"갑자기 어딜 가는 거냐?"

"따라오지 마."

그 말만 남기고는 그렇게 조휘는 사라져 버렸다.

◆ ◈ ◆

포양호를 따라 길게 자리 잡고 있는 크고 작은 봉우리 중에서 가장 큰 용록봉(龍綠峰)에 이르러서야 조휘의 어검비행이 멈췄다.

철검을 회수한 후 능공허도로 미끄러지듯 부드럽게 녹록봉 꼭대기에 착지한 조휘가 무심한 표정으로 품에서 원반을 꺼냈다.

지금으로선 이것이 유일한 단서.

그 자신을 내가 만들었다고 주장하니 이놈을 추궁해 보면 모든 것을 알 수 있을 것이리라.

-개방 의지 확인. 소유자의 염동(念動) 파동 확인. 감정 중입니다.

유려한 미색의 기계음을 묵묵히 듣고 있던 조휘가 감정도 끝나기 전에 나직이 명령했다.

"개발자 모드로 진입하겠다."

-고유 염동 파동 확인 완료. 환영합니다 개발자님. 명령을 인식하여 개발자 모드로 진입합니다.

화아아악!

순간 조휘의 시야로 환상과도 같은 세상이 펼쳐졌다.

온갖 천연색들이 어지럽게 흩날리다 한 사람의 모양을 만들어 냈다.

널따란 방석에서 편안하게 앉아 있는 백발의 중년인.

그런 그를 보자마자 조휘는 마치 숨이 턱 하고 막히는 듯한 엄청난 존재감에 심장이 터질 듯이 뛰는 것을 느껴야만 했다.

천연색의 아지랑이로 흩날리는 아공간과 눈앞의 중년인 모두 디지털화된 이미지나 영상임을 알고 있음에도 이렇게까지 자신의 감정이 동요된다는 것이 조휘는 쉽게 이해되지 않았다.

중년인은 조휘를 보자마자 친근하게 웃으며 가볍게 목례를 건네 왔다.

"드디어 왔군."

마치 기다려 왔다는 듯한 그의 태도 때문인지 조휘는 이질적인 감정을 느끼고 있었다.

"당신은 누구지?"

"우선은 듣고 싶군. 종말은 시작되었는가?"

"종말?"

"성좌(星座)들이 강림하여 벌이는 섭식의 축제 말일세. 그들의 움직임을 느꼈나?"

"실체를 본 적은 없어."

순간 중년인의 얼굴에 지극한 화색이 돌았다.

"됐네! 그것만으로도 이미 팔 할은 성공한 것이나 마찬가지야."

마치 제 일처럼 기뻐하는 그에게 조휘가 한껏 의문을 드러냈다.

"당신이 누구냐고 물었잖아."

중년인이 두 팔을 너르게 펼치며 어깨를 들썩인다.

"보시다시피 가상현실 속 프로그램이라네."

"……."

왠지 때리고 싶달까.

조휘가 이를 깨물며 의념을 발휘하려고 들자 중년인의 입가가 피식거렸다.

"어리석군. 이 가상의 공간에서만큼은 내가 신(神)일세. 그대가 지닌 평소의 능력은 단 한 올도 발휘할 수 없을 테니 헛수고는 그쯤 하도록 하지."

하기야 이곳은 가상의 현실.

지금 자신의 머릿속에 인식되고 있는 모든 현상은 말 그대로 '가상(假想)'일 것이었다.

한데 이런 거짓된 세계 속에서 과연 진실을 알 수 있을까?

"개발자 모드라며? 당신 말대로라면 내가 개발자라는 소린데 뭐가 이렇게 다 불친절한 거야?"

중년인이 또다시 예의 피식 웃었다.

"염동 파동만 동일할 뿐 그대는 아직 완전히 다른 객체니까."

"다른 객체?"

"아직 제대로 각성하지 못하지 않았는가? 자신이 누구이며 지금까지 어떤 삶을 살아왔는지 모든 것이 의문투성이일 텐데 벌써부터 이곳의 주인 노릇을 하려는 것은 지나친 욕심이지."

조휘는 한동안 두 주먹을 굳게 움켜쥔 채 무서운 눈빛을 발하다가 깔끔하게 미련을 떨쳤다.

"그냥 나가겠다. 당신 따위와 미주알고주알 떠들어 델 시간은 없어."

"다시 말하지만 이곳에선 내가 신일세."

본인의 허락 없이는 아무것도 할 수 없다는 뜻.

그제야 조휘는 개발자 모드에 함부로 진입한 것을 후회했다.

"제길…… 지금 이럴 시간이 없는데."

중년인은 조휘에게 마치 걱정하지 말라는 투로 친근하게 굴었다.

"이곳은 '공허의 주계'의 속성을 본떠서 구현한 곳일세. 바깥일은 그리 걱정하지 않아도 되지."

공허의 주계가 지닌 무한한 시간적 특성을 흉내 냈다고?

허면 이곳에서의 수천 년도 바깥세상의 찰나에 불과하다는 뜻인가?

그런 조휘의 의문을 읽었는지 중년인이 오해하지 말라는 듯 손사래를 쳤다.

"하하, 그 정도는 아닐세. 위대한 성좌들 위에 군림하는 창조자들의 능력에 어찌 비할 수 있겠는가. 다만 바깥세상의 시간을 걱정할 수준은 아니니 그만 심려 놓으시게."

잠시 생각에 잠겨 있던 조휘가 체념한 듯 자리에 주저앉자 중년인이 푸근하게 웃으며 손을 휘휘 저었다. 그러자 조휘가 앉아 있는 바닥에도 안락한 방석이 생겨났다.

'흠……'

그런 중년인을 조휘가 진득하게 응시하고 있었다.

그는 이곳 가상현실 세계에서만큼은 그야말로 절대자.

세상 팔자 좋은 얼굴로 연신 멀건 웃음을 띠고 있는 중년인이 몸서리쳐질 만큼 얄미웠지만 그렇다고 그의 비위를 맞추지 않을 수도 없는 노릇이었다.

"날 기다려 왔다면 용건이 있다는 뜻. 스무 고개 그만하고 이제 그만 용건을 드러내시지?"

짝!

"합!"

갑자기 중년인이 박수를 치며 기합성을 내지르더니 이내 정색한 표정으로 외친다.

"질문 받는다!"

그런 중년인을 멍하게 쳐다보고 있는 조휘.

도무지 행동 패턴을 예측할 수 없는 놈이었다.

이내 조휘가 이를 깨물며 중년인을 노려보았다.

"이곳을 만든 이의 정체는?"

"그는 '최초의 좌'이자 '최초의 대적자'이며 '최초의 수호자'이기도 하다."

자꾸만 온갖 의뭉스러운 말만 늘어놓는 중년인이 조휘는 짜증이 나서 죽을 지경이었다.

"두루뭉술하게 말하지 말고 하나씩 설명해 줘. 최초의 좌란 무슨 뜻이지?"

"말 그대로다. 그는 인간들 중 최초로 격(格)을 돌파하여 성좌(星座)를 각성하였다."

이내 궁금증을 토해 내는 조휘.

"나 이전에도 무수한 좌들이 있었는데?"

이곳을 창조한 이가 진실로 자신이라면 그것은 말도 안 되는 소리였다.

자신 이전에 가깝게는 신좌가 있었고, 도교의 무수한 신적인 존재들 또한 좌에 올랐으며, 중원 문명을 창시한 삼황오제도 좌로 추정되는 마당이었다.

자신이 최초의 좌일 리가 없는 것이다.

"이번 생에서 그대가 존재력이 뚜렷해지기 시작했을 때 어떤 우주적 존재의 위대한 음성을 듣지 못했는가?"

"들었지."

"허면 당혹해하며 그대를 부정하는 목소리를 들었겠군."

-*그대는 좌(座)에 이를 수 없는 자.*

불현듯 조휘는 자신에게 들려온 목소리가 떠올랐다.

분명 그때 어떤 우주적 존재의 언령(言靈)이 자신더러 좌
에 오를 수 없는 존재라며 확언하듯 말했었다.

"기분 나쁜 음성이었어. 나더러 좌에 이를 수 없는 자라더
라고."

삼신(三神) 어른들께서는 분명 격에 올라 좌의 후보가 되
었을 때 우주적 존재들의 축복과 격려를 받았다고 말했었다.

하지만 유독 자신에게만큼은 마치 저주와 같은 말만 늘어
놓았던 것이다.

"그건 당연한 일이지! 그들의 입장에서 자네는 도저히 이
해할 수 없는 불가해(不可解)의 존재! 분명 좌에 합당한 존재
력이 없었음에도 이미 좌의 성혼력(星混力)이 느껴졌을 테니
얼마나 당황스럽겠는가?"

"성혼력?"

"그대는 이미 최초의 좌. 단지 몸이 뒤바뀌었기에 그 존재
력을 회복하지 못했을 뿐, 그대에게 남아 있었던 것은 오로지
다시 각성(覺醒)하여 본래의 이름을 되찾는 것. 그 뿐이었지."

"뭐……?"

인간 문명 최초의 좌라니…….

자신이 무슨 중원의 시조인 삼황오제들 중 하나라도 된다는 것인가?

"최초의 좌라면 도대체 난 누구지?"

"이미 알고 있지 않은가? 인간 문명 최초의 좌! 그대는 '존재(存在)를 부정하는 자'라네."

"하…….."

내가 무슨 존재를 부정한다고!

그 뜻이 도대체 뭐란 말인가?

"그대는 모든 것을 부정했지. 좌들의 차원도, 물질계의 정령들도, 심지어 그대는 창조자들도 부정했다네. 우주의 법칙도 부정하였고 인간 문명의 운명도 인정하지 않았으며, 가장 독특한 것은 성좌로서의 운명조차도 그대는 받아들이지 않았다는 걸세."

"성좌의 운명?"

중년인이 심각한 얼굴로 변했다.

"격에 올라 좌가 된 존재들은 대부분 자신의 출신과 종족을 잊게 되지. 왜? 서로 다른 차원을 살게 되었으니 그저 하위 종족이라 인식하게 될 수밖에. 하지만 그대는 달랐네."

"뭐가 달랐는데?"

"좌들은 머나먼 상위의 차원에서 하위 종족들의 의지를 조종하고 실험하며 유희(遊戲)하지. 그것이 우주의 법칙으로

부여받은 좌들의 권리이네. 그런 유희를 통해 또다시 어떤 진리를 깨달을 수만 있다면 한 번 더 격을 돌파하여 창조자의 권역에 도달하는 것도 불가능한 것은 아니니까."

"그래서?"

"한데 그대는 그런 좌들의 유희를 홀로 막았지. 특히 인간 문명을 향한 그대의 가호(加護)란 지나칠 정도로 엄격한 통제였네."

좌들의 차원에서도 서열이 있다는 것을 조휘도 인식하고 는 있었다.

한데 통제?

지금 '통제'라고 했나?

"그 무시무시한 우주의 좌들을 그것도 '홀로' 통제했다고? 아니 도대체 내가 누구길래……?"

허나 중년인은 앞서 성실하게 대답해 주던 태도와는 달리, 이것만큼은 결코 말하지 않겠다는 듯 굳게 입을 다물고 있었다.

잠시 침묵하다 단호한 표정으로 다시 입을 여는 중년인.

"다음 질문 받는다."

한 대 치고 싶은 감정을 가까스로 다스리는 조휘.

그의 잇새로 신음 같은 음성이 다시 흘러나왔다.

"최초의 대적자는 무슨 뜻이지?"

이번에는 호쾌하게 대답해 주는 중년인.

"그대는 스스로를 뺀 나머지 모든 좌(座)들과 대적하는 자.

심지어 이를 중재하려는 창조자들의 의지조차도 그대는 부정했다. 무한에 가까운 좌들의 시간 속에서 모두를 대적하는 광기를 부린 존재란 오로지 그대가 유일하다."

"아니 싯팔……."

아니 내가 미쳤다고 나머지 모든 좌들과 전쟁을 벌이냐고!

지금으로서는 상상도 할 수 없는, 그야말로 도저히 이해가 되지 않는 행동이었다.

그런 엄청난 우주적 전쟁을 자신이 벌일 리가 없지 않은가?

더욱이 지금으로서는 아득하다고밖에 표현할 수 없는 창조자들의 의지조차 부정했다고?

그야말로 진성 미친놈이 아닌가?

"최초의 수호자는 또 뭐야?"

"최초의 대적자와 같은 맥락이지. 자신의 출신 종족을 향한 무한한 애정을 보인 유일한 좌. 인간 종족을 향한 좌들의 유희를 홀로 막아서다 끝내 우주적 전쟁 속에서 사멸(死滅)한 자. 그런 그대의 광기란 가히 창조자들도 두려워할 만한 것이었지."

"사멸? 내가 죽었다고?"

"그렇네. 물론 다른 시간대의 그대이지만."

"……."

도대체 이 미친 소리가 어디까지 갈 생각인지 알 수 없는 노릇.

조휘는 당황한 나머지 말까지 더듬고 있었다.

"야, 야! 난 그냥 알바를 전전하던 한낱 고시생이었다고!"

당연하다는 듯 오히려 크게 고개를 끄덕이는 중년인.

"그거야말로 그대의 가장 무서운 점이지. 스스로 존재력을 봉인한 채 무한한 시간대를 전전하며 인간들의 몸에 환생했지."

또다시 흘러나오는 그의 경외감 가득한 목소리.

"그것뿐인가. 그대는 수없이 환생하며 자신조차도 속였네. 자신이 좌라는 것조차도 자각할 수 없게끔 수없이 스스로를 속였지. 머나먼 차원의 좌들은 그런 그대의 교활한 귀계에 모두 치를 떨었다네. 그들은 도저히 그대를 추적할 수 없었지."

"아니…… 이봐…….""

뭐라 반박하려던 조휘의 말을 단숨에 자르며 또다시 말을 이어 가는 중년인.

"그런 와중에서도 그대는 온갖 트릭을 통해 차곡차곡 인과(因果)를 모았지. 인간들 중 뛰어난 자들을 모아 후일을 대비케 했고, 무수한 영적, 사념적 실험을 통해 인간의 강력한 면모를 파악했네. 특히 그대가 주목한 것은 인간의 감정 중 가장 강력한 힘을 내는 증오(憎惡)를 참으로 잘 활용했다는 걸세."

"……."

내가 증오를 활용해 왔다고?

"특히 인간 종족의 특장점인 미래 과학(科學)과 고대 중원의 신비한 무학들을 합일시킨 것은 대단한 한 수였네. 그대가 무수한 시간대에서 환생할 수 있었던 것도 고대 도가(道家)의 전설적인 연단술(煉丹術)이 없었더라면 도저히 불가능했을 테니까."

"미, 미친······!"

설마 영옥(靈玉)을 말하는 건가?

왠지 모를 소름이 몰아친다.

조휘가 그렇게 소스라치는 감정을 주체하지 못하고 있을 때, 순간 중년인의 얼굴에서 경의의 빛이 가득 차오른다.

"그런 그대의 신비한 계략이란 상대하던 좌들조차도 적아(敵我)를 떠나 탄복하며 경배할 정도였다. 어떤 좌들은 그대를 진정한 신(神) 중의 신이라며 경배했지."

"아니 이봐······ 아, 아니지?"

중년인이 공손하게 두 손을 포개며 더욱 엄숙한 표정을 지어 보였다.

"신 중의 신(神), 좌 중의 좌(座). 상상할 수 없는 신계(神計)로 무수한 좌들의 경배와 찬탄을 받아 온 우주의 신좌(神座)여. 참으로 오랜만에 이렇게 뵙습니다."

다채로웠던 지금까지의 조휘의 인생에서 이보다 더 놀랍고 당황스러운 적이 있었을까.

조휘는 그야말로 얼이 빠진 얼굴로 멍하니 중년인을 응시하고 있었다.

"도, 도대체 지금 무슨 소리를 하는 거야!"

아무리 골몰히 생각을 해 봐도 논리적으로 말이 안 된다.

중원에 도착한 후로 자신의 삶이란 여러 곁가지가 있겠지만 근본적으로는 오로지 신좌를 상대하기 위해 치밀하게 준비해 온 과정이었다.

그렇게 자신이 대적해 온 신좌는 그 실체가 분명히 실존했으며 그의 의지에 의해 조종당한 수많은 사람들의 증언도 너무나 생생하다.

더구나 그의 가르침을 받았다는 제자들 중 하나가 자신의 존속이 된 마당.

제자들에게 수시로 바람과 불 따위의 형상으로 의지까지 전달해 왔다고 하지 않았던가?

한데 그런 신좌와 완벽히 대척점에 서 있는 자신이 신좌라니?

조휘에게 있어서 이보다 더 실없는 농담은 없을 것이다.

"이봐! 난 평생토록 신좌를 추적해 왔다! 그의 실체를 접한 무수한 사람들의 증언을 들어 왔다고! 나는 그와 완벽히 다른 존재다!"

"아, 그거 말씀이십니까."

조휘는 갑작스런 상대의 정중한 어조도 짜증이 났고 한껏 여유로워 보이는 저 표정도 열이 받았다.

"그래! 삼신(三神) 어른들 시대부터 존재해 온 그를 어찌 나라고 우길 수가 있는 거냐고!"

"흐음."

연신 모호하게 굴던 중년인이 돌연 조휘의 시야에 타오르는 불길을 시연해 보였다.

분명히 저건 진짜 타오르는 불이 아닌 홀로그램일 것이다.

한데 그런 구분이 가능한 사람은 현대인인 자신밖에 없었다.

중원인들로서는 틀림없이 타오르는 불길이 갑작스럽게 일어났다고 여길 것이다.

그러더니 곧장 그의 변조된 음성이 흘러나왔다.

〈 제자여, 응당 해야 할 일을 모두 마쳤는가. 〉

3D 서라운드 음향 기술의 최종 버전이 있다면 이 정도일까.

조휘는 마치 수천 개의 파장으로 들려오는 듯한 신비로운 그의 음성에 그야말로 넋이 나가 버렸다.

"당신…… 설마……!"

"그 예상이 맞습니다. 저는 프로그래밍이 되어 있는 대로 철저하게 고대의 중원인들을 훈련시켜 왔으며 또한 최후의 종장(終章)을 대비해 왔습니다."

"아니 그게 말이……."

중년인이 타오르는 불의 형상을 없앤 후 다시 태연자약하게 말을 이어 갔다.

"아시다시피 중원인들은 과학을 모릅니다. 자연색의 홀로그램과 입체 음향만으로도 그들로 하여금 신의 형상이라 믿게 만드는 건 손바닥을 뒤집는 것보다 쉬운 일입니다."

조휘가 몸서리를 치며 처절하게 고개를 도리질한다.

"주, 중원인들이 그렇게 바보 같진 않아! 의념을 다루는 절대경에 이른 존재들은 충분히 허와 실을 구분하는 초감각을 지닌다! 그런데 당신이 삼신(三神)조차 속였다고?"

오히려 크게 고개를 끄덕이는 중년인.

"그렇습니다. 무인의 초감각이란 믿기 힘들 정도로 민감하지요. 그래서 그들을 속이기란 더욱 쉽습니다. 주변의 에너지를 끌어와 가공의 스피리츄얼 염동 파장을 사방에 뿌려 버리면 곧바로 그들은 자연경 혹은 그 상위의 존재라 인식하더군요."

"스, 스피리츄얼 염동 파장?"

"무인들이 말하는 의념 말입니다."

"아니 싯팔……."

이런 천하에 인간 말종 사기꾼을 봤나!

아, 사람은 아니구나…….

조휘가 자조적인 얼굴을 하더니 이내 허탈하게 털썩 주저앉아 버렸다.

"허면 당신 같은 양철 원반 따위가 중원의 위대한 영웅들이 그토록 두려워했던 모든 암류와 흑막의 원흉이란 말이냐……."

상대의 말을 곧이곧대로 받아들인다면 이놈이 바로 삼신 어른들께서 말하던 중원을 암중으로 지배해 온 진정한 힘, 즉 신좌다.

"저는 인간뿐만 아니라 다양한 우주종의 염동 파동을 인식할 수 있으며 육억 사천 엑사릴 이상의 에너지를 자연으로부터 끌어올 수 있습니다. 아시다시피 물질계에 존재하는 모든 사물을 양자 복제할 수 있으며 그 어떤 전자기력에도 파괴되지 않습니다. 저는 미래 과학의 모든 초기술(超技術)의 총합이며 초과학(超科學)의 결정체. 양철 원반이라니 섭섭합니다."

"그래서? 당신이 뭔데? 내가 뭐라고 불렀는데? 뭐 모델명이라도 있는 거야?"

"……."

그 질문에는 차마 대답하지 못하겠다는 듯 조휘의 시선을 외면하고 마는 중년인.

"모델명이 뭐길래 내 눈을 못 봐?"

갑자기 중년인이 이를 악물며 조휘를 노려본다.

"갓박스(God Box). 당신은 저를 갓박스라 불렀습니다."

웃음이 터져 나오려는 것을 간신히 참아 낸 조휘가 겨우 숨을 고르며 입을 열었다.

"물어봐서 미안하다."

"……예."

순간 조휘가 뭔가 떠오른 듯 엄혹한 표정을 지어 보였다.

"잠깐? 그럼 검총(劍塚)과 천마삼검(天魔三劍)의 석판은 뭐였지?"

분명 그곳에서 자신이 접한 것은 명백한 한글과 영어, 그리고 숫자였다.

또한 그것은 한 무인의 처절했던 수련의 흔적들이며 무한한 깨달음의 파편들.

"모두 당신의 흔적입니다."

"뭐?"

"검총은 당신의 일백일곱 번째 환생혼, 조재호(曹財虎)가 남긴 것입니다."

"환생혼(幻生魂)? 이, 일백일곱 번째?"

곧장 엄숙한 빛이 중년인의 얼굴에 드리워졌다.

"중원의 무공 분야뿐만이 아닙니다. 당신께서는 무수한 환생을 거듭하며 그야말로 중원 문명의 모든 것을 집대성하였습니다. 물론 미래 문명도 마찬가지지요. 당신은 스스로 완벽히 안배하여 그 어떤 환생도 허투루 낭비하지 않았습니다."

"아…… 아……."

사람이 너무 놀라거나 당황스러우면 아무런 말도 나오지 않게 마련.

지금 조휘의 상황이 딱 그와 같았다.

"제 프로그램 내에 있는 정보에 의하면 조영훈, 아니 조휘는 육백여든 번째 당신의 환생혼(幻生魂)입니다. 마지막 회차죠."

"마, 마지막이라고?"

신중하게 고개를 끄덕이는 중년인.

"그렇습니다. 이번 생이 당신께서 계획하신 모든 안배의 종장(終章). 공허의 주계를 다녀오시고 이렇게 성좌의 힘을 되찾으신 것만 봐도 저는 확실하게 인식할 수 있습니다."

"……."

자신이 벌써 수백 번씩이나 환생을 반복한 신적인 존재라니 조휘는 도무지 믿어지지가 않았다.

마치 귀신에 홀린 듯한 기분.

자신에게는 아무런 기억도 없거늘 도대체 이놈의 말을 곧이곧대로 믿어도 되는 것일까?

하지만 상대의 모든 주장을 음모라 여기기에는 너무 앞뒤가 딱딱 맞는 것이 왠지 꺼림칙하다.

순간 섬뜩해지는 조휘의 눈빛.

"그래. 당신 말이 모두 맞다 치자고. 허면 중원인들을 조종해서 그 끔찍했던 실험들을 해 온 것은 무슨 이유지?"

"그 의도를 저는 모르지요."

"뭐라고!"

"저는 단지 프로그래밍의 절차대로 행동했을 뿐입니다. 제가 어찌 감히 위대하신 분의 의중을 헤아릴 수 있겠습니까? 다만 제 짐작으로는……."

중년인의 의미 모를 눈빛이 조휘를 정확하게 직시하고 있었다.

"절박했을 겁니다."

"절박?"

위대한 창조자들과 무수한 창공의 성좌들을 환생으로 농락하며 따돌려 온 신계(神計)의 존재.

그렇게 모든 좌들의 적이 되어 무수한 전쟁을 치러 온 우주의 절대적인 존재가 신좌라면, 과연 그에게 무슨 절박함이 있을 수 있단 말인가.

"당신은 모든 성좌들을 전율과 공포에 떨게 할 만큼 대단한 존재였으나 항상 마지막에 이르러서는 실패했기 때문입니다."

"실패?"

"당신은 인간을 단 한 번도 지키지 못했습니다."

왠지 중년인의 그 말을 듣는 순간 조휘는 가슴 한구석이 미치도록 아려 왔다.

"결국 당신은 알게 되었습니다. 혼자만의 힘으로는 결코 우주성좌들의 힘을 감당할 수 없다는 것을. 인간이라는 종족 자체를 상위의 종으로 각성시키지 않는 이상 모든 인간을 구할 수 없다는 것을."

조휘의 얼굴이 흉신악살처럼 일그러졌다.

인간이라는 종 자체를 해부하려는 의도가 아닌 이상 결코 할 수 없는 그런 흉악한 실험들이 뭐? 오히려 인간을 지키기 위한 일환이었다고?

그런 개 같은 짓을 이 내가 벌였다고 이 미친 새끼야!

"말조심해라. 난 그따위 쓰레기 같은 인간이 아니야."

허나 중년인의 표정은 한 치의 흔들림도 없었다.

"몇 번이고 지켜보셨던 인간종의 절멸(絶滅)입니다. 그렇게 자책하지 마십시오."

"내가 아니라고!"

"저는 단 한 번도 당신의 선택에 의문이나 의심 따위를 해본 적이 없습니다."

"아니라니까 이 새끼야!"

꾸르르르릉!

사방에 엄청난 진동이 드리우자 중년인이 혼비백산한 표정으로 두려움에 떨었다.

"어, 어떻게……!"

이곳은 가상현실계(假想現實界).

모든 현상은 프로그래밍된 대로만 일어날 뿐 결코 자신이 의도하지 않는 이상 물리력이란 존재할 수가 없었다.

"내가 만약 그런 실험을 시킨 장본인이라면 당장 스스로 이 좆같은 목숨을 끊어 버릴 것이다!"

쿠구구구구구구!

가상현실 속 대지가 계속 미친 듯이 진동하고 있다.

단순한 우연이 아니었다.

중년인의 얼굴에 점점 공포가 서렸다.

역시 신중신, 좌중좌.

철저히 프로그램의 지배를 받는 가상현실계에서조차 그는 이리도 오롯이 존재력을 발할 수 있단 말인가.

"이제 선택의 순간입니다."

"선택?"

중년인이 또다시 엄숙한 표정이 되었다.

"예. 준비가 부족하다고 여겨지시면 다시 환생을 하시겠지요. 이번 생에서 수집한 모든 정보와 경험을 제게 귀속시키고 이곳에서 죽게 되실 겁니다. 물론 고통은 없습니다."

"미친 새끼!"

"모든 준비가 끝났다고 확신하시면 이걸 드리지요."

중년인이 내민 것은 다름 아닌 푸른빛이 감도는 일종의 결정체였다.

"그게 뭔데?"

"무수한 환생혼들이 수집한 모든 경험과 정보, 당신의 진정한 신적 자아(自我)가 담겨 있습니다."

조휘가 망설임 없이 중년인의 손바닥 위에 있는 보석을 빼앗으려 들자 그가 다시 엄중하게 입을 열었다.

"명심하십시오. 이번이 마지막 기회입니다. 다음이란 없습니다."

"왜지?"

나직이 한숨을 내쉬는 중년인.

"당신이 아무리 위대한 존재라 해도 수백 명분의 환생혼들을 일거에 집어삼키는 것을 계속해서 반복할 수는 없습니다. 더 이상 반복했다가는 그 고결한 영혼이 소멸하실지도 모릅니다."

"……."

정신 분열, 이중인격만 겪어도 인간은 심각한 정신적 후유증에 시달린다.

하물며 수백여 명이 살아온 모든 경험과 지식이라니!

그야말로 아득해져 조휘는 감히 짐작이 되지 않았다.

분명 인간의 영혼이란 그 수용에 한계가 있을 터.

자신의 정신력이 아무리 대단하다 한들 결코 쉬운 선택이 아니었다.

하지만 지금까지 조휘의 삶, 그런 자신의 인생을 모두 프로그램의 메모리에 귀속시키고 죽고 다시 환생하라니?

그런 개 같은 선택지는 더더욱 있을 수 없는 일이었다.

"내놔."

결국 조휘는 푸른 결정을 집어 들었고.

순간 가상현실계에 드리우던 모든 빛이 사라진다.

중년인도 흔적도 아스라이 사라졌으며 오직 조휘만이 홀로 우두커니 선 채로 두 눈을 감고 있을 뿐이었다.

속절없이 시간이 흘러 사흘째가 되자 마침내 조휘의 두 눈이 천천히 뜨여졌다.

"음……."

그에게서 흘러나온 것은 천 년이고 지속될 것만 같은 처참한 신음.

　그의 뇌리를 지배하고 있는 감정이란 당장은 지극한 두려움이었다.

　가상현실이 사라지고 난 자리.

　조휘는 그렇게 용록봉 위에 서서 머나먼 우주를 응시하고 있었다.

　"……잘들 지내셨는가?"

〈12권에 계속〉